Tor zur Vergangenheit

Roman

Für meine Töchter
und unseren kleinen John

Diana Hübner

Tor zur Vergangenheit

Meine lieben Kinder,

es ist das größte Geschenk, eure Mutter zu sein, ein unbeschreibliches Glück, das mich mit Stolz und immer neuer Energie erfüllt.
Für euch da zu sein, in welcher Beziehung ihr mich auch immer an eurer Seite benötigt, ist nicht nur meine Aufgabe, sondern auch ein sehr bedeutender Teil meines eigenen Lebens.

Ich wünsche euch von ganzem Herzen, die Erfüllung all eurer Träume, denn sie sind der Grundstein eures Lebens.
Hört niemals auf zu träumen, zu lieben und zu lachen!
Lasst euch auf neue Dinge ein, denn sie könnten euer Leben verändern.
Nehmt die Herausforderungen an, die sich euch stellen werden, denn daran könnt ihr wachsen und habt keine Angst, denn sie beengt euch und nimmt euch die Freiheit, alles das zu tun, wonach ihr strebt.
Seid immer auf der Suche, nach Dingen, die euch gut tun, die euch glücklich machen und lehnt ab, was euch verletzt.
Vergesst nicht die Suche nach euch selbst, denn nur, wenn ihr eurem Seelenweg folgt und glücklich seid, ist euer Leben erfüllt.

In ewiger Liebe! Eure Mama

Diana Hübner

Die Autorin

Diana Hübner wurde 1974 in Südthüringen geboren und lebt noch immer mit ihrer Familie in ihrem kleinen Heimatdorf in der Nähe des Rennsteiges.
Hauptberuflich ist sie Polizeibeamtin, Ehefrau und Mutter dreier Kinder.
Diana Hübner schrieb bereits in jungen Jahren Geschichten, Gedichte und kleine Theaterstücke und hat sich nunmehr mit ihren Romanen einen Kindheitstraum erfüllt.
Nach den beiden Romanen „Traumleuchten" und „Seelentrost" aus dem Jahr 2014, und „Un(d)endlich ich" aus 2015, ist
„Tor zur Vergangenheit" das neue Werk der Autorin.

Exposé

Endlich konnte die geplante Reise nach Irland beginnen. Jule und Michael hatten vor, im nächsten Jahr zu heiraten und ihre Hochzeitsreise vorzuverlegen.

Lange hatten sie über den Reiseplänen gesessen, sich die schönsten Orte ausgesucht, davon geträumt, diese geschichtsträchtigen Orte selbst zu sehen und ihr gemeinsames Leben mit den Erinnerungen an Irland zu beginnen.

Was sie allerdings auf ihrer Reise tatsächlich erlebten, sollte nicht nur ihr Leben, sondern auch das des alten und verbitterten irischen Bauern Adam Churchan völlig verändern.

Anders als erwartet, werden Jule und Michael mit Adams leidvoller Vergangenheit und damit mit einer traurigen Geschichte konfrontiert, die auch ihre eigene Zukunft infrage stellt.

Prolog

Jule war so aufgeregt. Alles war gepackt, die Tickets lagen bereit und das Taxi zum Flughafen stand vor der Tür.
Michaels Eltern waren auch da, um sich zu verabschieden…es konnte also wirklich losgehen.
Anders als andere Paare, die ihr zukünftiges Leben miteinander verbringen wollten, hatten Jule und Michael sich entschieden, vor der Hochzeit eine lange Reise zu machen. Es sollte für mindestens drei Monate auf die grüne Insel, nach Irland, gehen.
Das war schon immer ein Traum der beiden gewesen.
Diese Insel mit ihrer traumhaften Landschaft, ihrer aufregende Geschichte, den liebevoll gepflegten Häusern, den alten Burgruinen…
all das wollten Jule und Michael auf eigene Faust erkunden.
Sie hatten sich vorgenommen, nur mit dem Nötigsten durch das Land zu ziehen, dort zu bleiben, wo es ihnen gefiel und weiterzugehen, wenn sie es für richtig hielten.

Ein letztes Mal noch ließ Jule den Blick in ihrer gemeinsamen Wohnung umherschweifen, bevor sie für eine lange Zeit die Tür hinter sich schloss.

Dass Jule mit dem Verlassen ihrer Wohnung nicht nur auf dem Weg in einen lang ersehnten Urlaub war, sondern auch auf dem Weg in ein neues Leben, konnte sie zu diesem Zeitpunkt nicht erahnen.

Sie schloss die Tür zu ihrem alten Leben und öffnete mit Betreten irischen Bodens das Tor zu einem neuen, geheimnisvollen, aber auch zu einem traurigen Leben.

Ein Kapitel in der Lebensgeschichte des alten, knurrigen Adam, den sie und Michael auf ihrer Reise kennenlernen sollten, wurde zu einem Teil ihrer eigenen Geschichte.

1

Selbst als das Flugzeug bereits abhob, hatte Jule noch immer die warnenden, aber dennoch gut gemeinten Ratschläge ihrer zukünftigen Schwiegereltern im Ohr:
„ Passt auf euch auf, bleibt immer zusammen und geht kein Risiko ein…" und so weiter.
Jule konnte ja verstehen, dass sich Michaels Eltern Sorgen machten. Michael war ihr einziger Sohn und eine Reise über mehrere Monate war schließlich nicht alltäglich.
Manchmal vermisste sie noch heute die Warnungen ihres Vaters, als sie noch ein Kind gewesen war. Damals hatte sie meist genervt reagiert, heute wäre sie dankbar, wenn ihre Eltern noch bei ihr wären.
Dennoch versuchte sich Jule jetzt ganz und gar auf die schönen Dinge zu konzentrieren, die sie erwarten sollten. Sie hatte sich von Michaels Leidenschaft zu Irland regelrecht anstecken lassen und war so gespannt darauf, dieses traumhafte Land mit all seinen Sehenswürdigkeiten, der

Geschichte und der wunderschönen Landschaft selbst zu sehen.

Michael war neben ihr eingeschlafen. Die Beruhigungstropfen hatten wohl ihren Zweck mehr als erfüllt. Vielleicht war das auch ganz gut so, dachte Jule, so bemerkte er nicht viel von seiner Flugangst, die ihn bisher davon abgehalten hatte, überhaupt zu verreisen.

Als junger Geschichtslehrer am Gymnasium hatte Michael schon immer etwas mehr über Irland in den Lernstoff einfließen lassen, als vorgesehen war und all seine Leidenschaft basierte bisher auf Büchern oder Dokumentationen.

Als der Flieger im Landeanflug auf Dublin war, wachte Michael plötzlich erschrocken auf.

Jule musste sich zurück halten, um nicht laut loszulachen, als sie in seine vor Angst geweiteten Augen sah.

„Wir haben es gleich geschafft. Schau, da unten ist Dublin", sagte Jule stattdessen beruhigend und bat Michael, aus dem Fenster zu schauen.

Das besserte zwar nicht unbedingt seinen Zustand, doch langsam bekam er zumindest wieder etwas Farbe im Gesicht.

Es war Michael anzusehen, dass er sichtlich ruhiger wurde, als sie schließlich das Flugzeug verlassen konnten.

Da es bereits sehr spät war, entschieden die beiden, sich erst einmal ein kleines Hotel zu suchen und am nächsten Tag mit der Erkundung des Landes zu beginnen.
Jule arbeitete als Angestellte in einem Reisebüro und hatte eine komplette Reiseroute im Gepäck.
So war es auch nicht schwer, ein Hotel zu finden.
Das „Blooms" lag nicht einmal einen Kilometer vom Flughafen entfernt und da Jule und Michael nicht viel Gepäck bei sich hatten, erreichten sie das Hotel recht zügig.
Staunend blieben die beiden vor dem Gebäude stehen. Das Hotel bestach allein durch seine herrlich gestaltete Außenfassade. Überall, selbst an den kleinen Balkonen, waren bunte Gemälde, mit den unterschiedlichsten Themen und Motiven angebracht worden.
So etwas hatten sie in Deutschland bisher nicht gesehen.
Auch die typisch irische Inneneinrichtung des Hotels beeindruckte vor allem Michael.
Allein die Bar hieß ihn in Irland willkommen, genau so hatte er es sich vorgestellt.
Mehr als zufrieden bezogen Jule und Michael ihr kleines Zimmer, welches sie vorerst für zwei Tage gebucht hatten.

Nachdem sich die beiden etwas frisch gemacht hatten, gingen sie in das Restaurant des Hotels, um etwas zu essen.

Michael entschied sich natürlich sofort für den Dublin Coddle, eine Art deftiger Eintopf, der in Irland als traditionelles Nachtmahl gilt, bevor man anschließend in den Pub ging, um etwas zu trinken. Eine ordentliche Grundlage, damit man den Alkohol besser vertrug.

Jule dagegen war mit einer Pilzsuppe zufrieden, zumal sie sowieso nicht gerne Alkohol trank und zudem schon gar kein Bier mochte, was in Irland eigentlich Tradition hatte.

Doch Michael musste bereits am ersten Abend in Dublin alles ausprobieren, worauf er sich seit Jahren gefreut hatte und so saßen die beiden nach dem Essen in der wunderschön eingerichteten Bar und Michael hatte sein zweites Guinness vor sich stehen.

Jule amüsierte sich ein wenig, denn je mehr Bier ihr Herr Lehrer trank, desto redseliger wurde er.

Jule und Michael sprachen zwar sehr gut englisch, aber die Einfärbung der englischen Sprache in Irland war doch enorm.

Doch Michael schien das nicht zu stören, im Gegenteil, er verstand den Mann, den er an der Bar kennengelernt hatte, offensichtlich so gut und er ihn, dass die beiden nach einer Weile kaum noch Notiz von Jule nahmen.

John, so hieß der junge Mann, war ein absoluter Deutschlandfan. Es war schon bemerkenswert, wie viel er über die Geschichte Deutschlands wusste und wie viel er natürlich, zu Michaels Entzücken, auch über Irland erzählen konnte.

Michael war vollkommen in seinem Element.

Nach seinem vierten Guinness verabschiedete sich Jule dann langsam von den beiden Männern, deren Gesprächsrunde wohl noch eine Weile andauern würde.

Spät in der Nacht kam auch Michael aufs Zimmer zurück, doch Jule bemerkte ihn kaum.

Als sie am Morgen erwachte, befürchtete Jule eigentlich, Michael total verkatert neben sich im Bett vorzufinden. Aber der war offensichtlich schon im Badezimmer und nach seinem Singsang zu urteilen, bemerkenswert gut gelaunt.

„Na, mein Schatz? Wie geht es dir?", fragte Jule, als sie vorsichtig die Tür zum Badezimmer öffnete.

„Guten Morgen, Engel!", entgegnete ihr Michael freudestrahlend.

„Es geht mir sehr gut. Dir auch? Hast du gut geschlafen?", fragte er Jule, die ihn immer noch verwundert ansah.

„Ich habe gut geschlafen, danke. Und du hast das Guinness wohl besser vertragen als gedacht, oder?" Verschmitzt schaute sie Michael an, der gerade dabei war, sich abzutrocknen.
„Mhm, da gibt es so ein irisches Geheimrezept, damit man keinen Kater bekommt.
Hat mir John gestern noch verraten und es scheint wirklich zu wirken. Soll ich es dir zeigen, mein Schatz?", fragte Michael grinsend.
Und noch bevor Jule antworten konnte, hatte er sich das Handtuch wieder von der Hüfte gerissen, sich seine zukünftige Frau geschnappt und sie mit unter die Dusche genommen.
Dass Jule noch angezogen war, störte Michael nicht, im Gegenteil, er genoss es, ihr die Kleidung langsam vom nassen Körper zu ziehen und dabei jeden frei gewordenen Zentimeter ihrer Haut mit seinen Lippen zu bedecken...

2

„Du wirst nicht glauben, was John mir alles erzählt hat, Jule", erklärte Michael später beim Frühstück.
„Er wohnt jetzt in Belfast, ist aber noch oft hier zu Besuch bei seinen Eltern.
Sein Urgroßvater war damals beim Osteraufstand 1921 hier in Dublin dabei, als das Hauptpostamt durch die Freiheitskämpfer besetzt wurde!
Es ist unglaublich, die Geschichte hier so nah zu erleben. Wir müssen unbedingt dorthin, ich möchte mir das alles aus der Nähe anschauen!", redete Michael ununterbrochen weiter.
„ Es ist erstaunlich, wie lange dieses Land schon für seine komplette Unabhängigkeit gekämpft hat und es bis heute nicht ganz geschafft hat. Zumindest nicht in den Augen einiger Idealisten."
Jule bewunderte Michael immer wieder für sein unerschöpfliches Interesse an der Zeitgeschichte dieses Landes.
Zugegeben, es gibt tatsächlich bis heute noch sehr viele Ungereimtheiten, was manche politische

Verwicklungen, Abkommen und teilweise unbeschreiblich brutale Ereignisse in Irland anbelangt. Auch Jule war nach sechs Jahren Beziehung mit Michael angesteckt von dessen Interesse an der Insel und aufgeregt, alles mit eigenen Augen zu sehen und von den Bewohnern des Landes persönlich zu erfahren.

Hand in Hand liefen die beiden nach dem Frühstück durch die Straßen Dublins.

Natürlich war das General Post Office, der damalige Schauplatz des Osteraufstandes, die erste Anlaufstation.

Es war einfach beeindruckend! Nicht nur die Außenfassade des Gebäudes war unglaublich, auch die Ausstattung der Räumlichkeiten im Inneren des Gebäudes ließen das deutsche Pärchen staunen.

Vor der großen Bronzestatue, die alles überragte, blieben sie ehrfürchtig stehen.

Die Statue zeigt den großen irischen Helden und Freiheitskämpfer Cuchulainn im Augenblick seines Todes.

Es war und ist das Symbol des irischen Freiheitskampfes seit dem frühen 17. Jahrhundert.

Überhaupt war die mystische und verworrene Geschichte dieses Landes für Jule und Michael so faszinierend, dass sie den gesamten Tag an verschiedenen Schauplätzen und

Sehenswürdigkeiten der Stadt verbrachten und die Zeit dabei vollkommen vergaßen.
Die Geschichte der jungen Molly Malone beispielsweise, dem eigentlichen Wahrzeichen der Stadt Dublin, beschäftigte Jule noch lange.
Molly Malone lebte Ende des 17. Jahrhunderts und war eine der schönsten, aber auch ärmsten Frauen Dublins.
Sie war Fischhändlerin, konnte aber allein davon nicht leben und so verkaufte sie sich später an die Männer, um zu überleben und starb schließlich auf offener Straße an Cholera.
Es ist eine der vielen irischen Geschichten mit tragischem Ausgang, die die Menschen Irlands geprägt, gestärkt und ermutigt haben, immer weiterzukämpfen.

Erschöpft aber glücklich kam das Paar nach ihrem Ausflug am Abend im Hotel an.
John, der junge Mann, den Michael am Abend zuvor bereits kennengelernt hatte, saß wieder an der Bar.
Nachdem Jule ihn schon am Vortag beobachtet hatte, glaubte sie nun auch zu wissen, was ihn immer wieder in dieses Hotel verschlug.
John flirtete unverblümt mit dem attraktiven Barkeeper und Jule huschte ein Lächeln über die Lippen.

Als John die beiden bemerkte, winkte er sie zu sich.
„Na, wie war euer Tag in Dublin?", fragte John.
Michael erzählte sofort begeistert, was sie sich alles angeschaut hatten und wie beeindruckend er es gefunden hatte.
John nickte wissend und verständnisvoll und bat den Barkeeper mit einem Augenzwinkern um etwas zu trinken.
Als dieser sofort Bier auf den Tresen stellte, hob Michael abwehrend die Hände.
„Nein, John, nicht schon wieder. Ich habe zwar den Tag heute gut überstanden, trotz unseres Gelages gestern, aber ich sollte heute nicht schon wieder trinken."
Hilfesuchend schaute sich Michael nach Jule um, die nur belustigt den Kopf schüttelte.
„Ach komm schon, mein deutscher Freund, nur das eine", sagte John, nahm das Bier und setzte sich mit an den Tisch, an dem Jule Platz genommen hatte.
Er begrüßte Jule noch einmal höflich und plauderte auf sie ein, als würden sie sich bereits lange kennen. Es wurde ein schöner Abend. Die drei unterhielten sich über alle möglichen Dinge und Jule musste zugeben, dass sie John sehr sympathisch fand.

Er hingegen unterließ es nicht, dem Barkeeper immer wieder vertraute Blicke zuzuwerfen, was Michael nach einiger Zeit dazu veranlasste, John eine Frage zu stellen:
„Sagtest du mir nicht gestern, dass du verheiratet bist und ein Kind hast, John?"
Offensichtlich war ihm ebenfalls nicht entgangen, wie John mit dem Barkeeper flirtete.
Jule holte erschrocken Luft, denn sie kannte Michael nur zu gut. Er war zwar sehr tolerant, aber mit homosexuellen oder bisexuellen Männern und Frauen hatte er so seine Probleme. Er verstand es einfach nicht.
John senkte bei der Frage etwas geknickt den Kopf.
„Ja, es stimmt. Ich bin verheiratet und ich habe einen Sohn in Belfast. Aber wann immer ich hier bin, treffe ich Rick. Wir sind schon seit einigen Jahren zusammen", antwortete John.
„Und deine Frau, John? Weiß sie davon?", fragte Michael ungläubig, redete aber sofort weiter:
„Nein, vergiss es. Es geht mich gar nichts an. Es ist ja deine Sache."
Michael wandte sich um.
„Lass uns gehen, Schatz. Es ist spät."
Die Situation war gekippt.
Er stand auf, wurde aber von John am Arm festgehalten.

Jule schaute zwischen den Männern hin und her.
„Bitte, Michael, geht noch nicht. Ich erkläre es euch gerne. Bitte bleibt noch", bat John.
Auch Jule nickte Michael aufmunternd zu und bat ihn, sich wieder zu setzen, auch wenn sie wusste, dass sich in Michael alles dagegen sträubte.

John begann, seine Geschichte zu erzählen. Fast schien es so, als ob er nur darauf gewartet hätte, sich jemandem anvertrauen zu können.
„Meine Frau Nelly stammt aus Belfast. Wir haben uns hier in Dublin kennengelernt. Sehr schnell haben wir uns ineinander verliebt und ich zog mit ihr nach Belfast.
Zu Beginn unserer Beziehung war auch alles gut, wir waren glücklich. Aber im Laufe der Jahre bemerkte ich, dass ich mich auf eine für mich ungewohnte Art auch zu Männern hingezogen fühlte.
Ich habe es zunächst nicht weiter beachtet, aber als ich dann hier zu Besuch bei meinen Eltern war, allein, ohne Nelly und unseren Sohn Sean, habe ich Rick kennengelernt."
John drehte sich zu Rick um und lächelte ihm wehmütig zu.
„Ich liebe auch ihn. Ich weiß, es klingt verrückt. Ich führe seither ein Doppelleben.

Rick weiß zwar von Nelly, aber Sie ahnt natürlich nichts von Rick.
Es würde ihr und Sean das Herz brechen", endete John schließlich betrübt.

Michael starrte John an. Man konnte ihm ansehen, dass er mit dieser Beichte eher überfordert statt erleichtert war. Zumal sich die Männer kaum kannten.
Und doch schien es John wichtig zu sein, sich ein wenig von der Seele zu reden.
Jule legte behutsam ihre Hand auf Johns Unterarm.
„Es tut mir so Leid, dass du in einer solchen Situation steckst, ich kann dich trotz allem gut verstehen. Man kann nicht immer etwas gegen seine Gefühle tun. Aber es steht uns dennoch nicht zu, darüber zu urteilen."
Michael hob abwehrend die Hände.
„Also ich für meinen Teil kann das nicht verstehen! Aber Jule hat Recht, es geht uns gar nichts an." Er trank aus und erhob sich. John sah ihn traurig an.
„Michael, ich bin trotz allem sehr froh, euch beide kennengelernt zu haben. Danke für den Abend gestern und auch für heute. Habt noch eine traumhafte Reise durch unser schönes Land",

sagte John und erhob sich ebenfalls, um sich zu verabschieden.
Er gab auch Jule die Hand und da Michael schon auf dem Weg zum Fahrstuhl war, ohne noch einmal zurückzuschauen, ging ihm Jule wortlos hinterher. Am Ende der Bar drehte sie sich noch einmal um und winkte John kurz zu, der ihnen noch immer bedrückt hinterherschaute.

Jule unterließ es, auf dem Zimmer mit Michael über den Vorfall zu reden, das war aber auch gar nicht notwendig. Denn als er aus dem Badezimmer kam, schlang er wütend sein Handtuch um die Hüfte und begann, in seinen Bart hineinzubrabbeln. Jule sah sich die Situation eine Weile schmunzelnd an, setzte sich gemütlich auf das Bett und wartete darauf, dass Michael fluchend durch das Zimmer lief. So tat er es nämlich immer, wenn ihm etwas gehörig gegen den Strich ging.
„So etwas hätte ich nie von John gedacht! Wir haben uns gestern so gut verstanden, dass er so einer ist…, sagte Michael aufgebracht.
„Er scheint dir in der kurzen Zeit wirklich ans Herz gewachsen zu sein, Schatz", antwortete Jule lächelnd.
„Ans Herz gewachsen? Wie kommst du darauf? Ich kenne ihn ja gar nicht, wie du siehst. Wie kann

er nur so etwas machen?", entgegnete Michael sofort.
„Was machen? Sich verlieben? In eine Frau und in einen Mann?" Jule versuchte, Michael ein wenig aus der Reserve zu locken und ihn davon zu überzeugen, dass seine Einstellung manchmal doch etwas zu konservativ war.
Gut, er war das einzige Kind einer streng katholischen Familie, aber etwas über den Tellerrand hinausschauen konnte ihm nicht schaden.
„Dabei war er doch so freundlich und witzig und ich hatte echt Spaß mit ihm", fuhr Michael nachdenklich fort.
Er ließ sich neben Jule auf das Bett sinken und legte seinen Kopf auf ihre Schulter.
„Schatz, das ist John auch, freundlich, witzig und ein Mensch, der ein guter Freund werden könnte. Welchen Unterschied macht es, wen er liebt?", fragte Jule.
Michael schaute sie mit großen Augen an. In seinem Kopf arbeitete es, das sah man ihm an.
„Eigentlich keinen", antwortete er schließlich.

Nachdem auch Jule im Badezimmer gewesen war, setzten sie sich noch einmal zusammen an den kleinen Tisch und planten ihre weitere Reiseroute für die nächsten Tage. Morgen würden sie auschecken und weiterziehen, erst einmal in Richtung Norden. Ihr nächstgrößeres Ziel war Belfast, doch allein auf den Weg dorthin die unberührten Landabschnitte und kleinen Orte kennenzulernen, freuten sie sich ganz besonders.

3

Als Jule die Augen aufschlug, bemerkte sie die zärtlichen Berührungen Michaels auf ihrem Rücken. Ein wohliges Lächeln huschte ihr über das Gesicht und sofort schloss sie die Augen wieder.
Sie hoffte, so die Berührungen noch viel länger genießen zu können.
„Du bist wach Schatz, ich weiß es", flüsterte Michael ihr leise ins Ohr.
Jule gab nur ein leichtes Knurren von sich, ohne sich jedoch zu bewegen. Micheal musste lachen, unterließ es aber nicht, sie weiter zu streicheln.
„Los, du kleine Schlafmütze, Irland ruft", raunte er ihr ins Ohr, doch Jule tat gar nicht so, als ob sie aufstehen wollte. Doch als Michael aufhörte, sie zu kraulen und dabei war aufzustehen, fuhr sie schnell herum und zog ihn wieder zu sich.

„Nicht aufhören. Nur noch ein kleines Bisschen, bitte…", flehte sie.
Michael konnte ihr nie einen Wunsch abschlagen, also nahm er sie fest in seine Arme und kraulte ihr langes Haar, ihren Rücken...

Erst als Jule mehr zufällig auf die Uhr schaute, fuhr sie erschrocken hoch.
„Wir müssen los!", rief sie und war schon mit einem Satz aus dem Bett.
Lauthals lachend stand jetzt auch Michael auf.
„Sag ich doch", lachte er.
Bepackt mit seinen Sachen stand das Paar wenig später in der Empfangshalle. Nach einem reichlichen Frühstück ging es zur Rezeption, um aus zu checken.
„Ich bin so gespannt, was uns heute erwartet", sagte Michael im Gehen, blieb aber plötzlich wie angewurzelt stehen.
John stand vor ihm und sah genauso überrascht aus wie Michael.
„Hallo John. Schön, dich noch einmal zu sehen", sagte Jule.
„Ja, das ist es. Wo geht es hin, wenn ich fragen darf?"
„Wir wollen erst einmal in Richtung Norden. Aus der Stadt heraus, aufs Land und dann sehen wir weiter", antwortete Jule.

Michael trat derweil von einem Fuß auf den anderen.
„Wenn ihr wollt, kann ich euch ein Stück mit dem Auto mitnehmen. Es sieht nicht so aus, als würde es heute aufhören zu regnen."
Jule schaute zu Michael, der sie mit großen Augen ansah und sich dagegen sträubte, auf den Vorschlag einzugehen.
„Schatz, was meinst du?"
Michael hätte Jule am liebsten gefressen, so schockiert war er über ihre Frage. Sie konnte manchmal unmöglich sein!
„Äh…", stotterte er.
„Komm schon, gibt dir einen Ruck, mein deutscher Freund, ich tue dir auch nichts", kam ihm John zur Hilfe und lächelte spitzbübisch.
Jetzt konnte sich auch Michael ein Lächeln nicht mehr verkneifen.
„Das hoffe ich! Okay, okay, wir fahren ein Stück mit", gab er sich geschlagen.
Jule gab ihm einen Kuss auf die Wange.
„Ich bin stolz auf dich", flüsterte sie.

Im Nachhinein musste auch Michael zugeben, dass es eine sehr gute Idee gewesen war, sich von John mitnehmen zu lassen. Er fungierte als Guide und zeigte dem Paar viele Dinge, auf die sie vielleicht allein nicht aufmerksam geworden

wären. Sie fuhren eine alte und wenig befahrene Küstenstraße entlang.
Die Welt hier schien wirklich mehr als in Ordnung.
Eine unglaublich angenehme Ruhe und die atemberaubende Landschaft, das unwirklich satte und intensive Grün der Wiesen und Felder war einfach magisch.
Als Jule gerade darum bitten wollte, kurz anzuhalten, musste John den Wagen bereits unfreiwillig stoppen.
Mitten auf der Straße lagen mindestens zehn Schafe!
Es war unglaublich!
Weit und breit war niemand zu sehen und die Tiere kamen nicht im Geringsten auf die Idee, für ein Auto aufzustehen und sich von der Straße zu bewegen. Sie starrten die kleine Reisegruppe nur an und widmeten sich dann wieder sich selbst.
Jule musste so sehr lachen, dass sie damit auch den inzwischen schon fast wütenden John ansteckte.
„Das ist überhaupt nicht lustig! Die bleiben hier ewig liegen und wenn sich nicht ein Schäfer aus dem Dorf bemüht, hierher zu kommen, müssen wir wohl umdrehen."
Er war solche Eskapaden sicher gewohnt, aber es war verständlich, dass es ihn etwas nervte.

John hatte noch mindestens zwei Stunden Fahrt vor sich und nachdem die lieben Tiere auch 20 Minuten später noch nicht gewillt waren, die Straße frei zu geben, entschieden sich Jule und Michael von hier aus allein weiterzutrampen.
„ Wir werden uns den hübschen Ort anschauen und dann sehen, wohin es uns weiter verschlägt", meinte Jule.
„Wir danken dir, John, hab noch eine gute Fahrt. Vielleicht hört oder sieht man sich einmal wieder", sagte Michael und reichte John zum Abschied die Hand.
John nahm Michael und anschließend auch Jule kurzerhand in den Arm.
„Ich würde mich freuen, wenn wir uns wiedersehen würden. Meldet euch doch bitte, wenn ihr in Belfast seid."
Er gab Jule einen Zettel mit Adresse und Telefonnummer und stieg dann winkend in seinen Wagen, um zurückzufahren.
Michael hob seine Hand ebenfalls.
„Ich mag ihn schon, auch wenn…", wollte er fortfahren, aber Jule redete dazwischen.
„Na dann sollten wir ihn wohl wirklich besuchen kommen. Los Schatz, lass uns erst einmal das Dorf erkunden."

Nachdem sie die Schafe passiert hatten, kamen sie in das kleine, niedliche Küstendorf.
Hier schien ein wenig die Zeit stehen geblieben zu sein.
Es gab nur ein paar kleine Häuser und eine Hand voll Menschen, die gemütlich davor saßen und offensichtlich das Leben genossen und nicht gestört werden wollten.
Jule reichte Michael die Hand und ging mit ihm in Richtung der Klippen, die unmittelbar vor ihnen lagen.
Der atemberaubende Blick auf das Meer bezauberte sie, der Wind wehte durch ihre Haare, die wunderbar erfrischende Luft belebte sie und hinterließ das Gefühl, an einem geheimnisvollen Ort angekommen zu sein, an dem man verweilen wollte.
Das Wetter war einfach herrlich, der Regen war vorüber.
Es war früher Nachmittag und so beschlossen die beiden, sich noch ein wenig im Ort umzusehen und anschließend weiterzuziehen.
Noch befanden sie sich im irisch regierten Teil des Landes, in der Nähe der Stadt Dundalk.
Bis dorthin wollten es Jule und Michael heute noch schaffen, bevor sie in den nächsten Tagen den britischen Teil Irlands erkunden wollten.

Bis Belfast würde es zu Fuß noch eine Weile dauern und nicht nur das, es würde das Paar nicht wie geplant in die Hauptstadt verschlagen, um dort die Geschichte zu erkunden, sondern auf eine andere Weise, die ihr Leben nachhaltig beeinflussen sollte…

4

Der erste Eindruck, den Jule und Michael anfangs von den Dorfbewohner hatten wurde ganz und gar nicht bestätigt.
Überfreundlich wurde das Paar aufgenommen, als sie, auf der Suche nach einem Lokal, bei einer älteren Dame nachfragten.
So entspannt sie noch vor einigen Minuten in ihrem Gartenstuhl gesessen hatte, desto aufgeregter war sie jetzt, die beiden mit Kaffee und Kuchen zu bewirten. Ein Lokal gab es im Dorf anscheinend nicht, zumindest keines, das sich aufzusuchen lohnte, wenn man der Frau Glauben schenken konnte.
Das skeptische Gesicht von Michael wich sofort einem verschmitzten Lächeln, als die Dame mit herrlich duftendem Kuchen und einer Kanne Kaffee im Vorgarten erschien.

Die Gastfreundschaft war überwältigend, es kam einem so vor, als würde sich sonst kaum jemand hierher verirren und die alte Dame hätte nur auf sie gewartet. Sie redete und redete, über ihre Familie, ihren verstorbenen Mann, über das Dorf und das Leben in Irland allgemein. Es war eine Freude, ihr zuzuhören, obwohl man Mühe hatte, ihr zu folgen. Ihr Dialekt wich teilweise extrem von dem Englisch ab, was das Paar sprach und verstand, aber auch trotz der vielen Nachfragen wurde die Frau nicht müde, immer weiter zu erzählen.

Da es mittlerweile auf den frühen Abend zuging und es offensichtlich keine Unterkunft für Touristen im Ort gab, machten sich Jule und Michael allmählich auf den Weg Richtung Dundalk.

Nach Auskunft der Dame hatten sie nur wenige Kilometer vor sich und konnten auch den Bus nehmen, der stündlich fuhr, falls ihnen der Weg zu lang wurde.

Sie erreichten das kleine B & B Hotel Little Haven, sehr spät am Abend.

Als sie das kleine, aber gemütliche Zimmer betraten, ließ sich Jule sofort auf das Bett fallen.

Sie war einfach kaputt. Diese Lauferei, so schön es auch war, hatte ganz schön an ihren Kräften gezehrt.

„Hey, Engel, was ist los? Schon so müde? Ich dachte, wir gehen noch etwas essen und kuscheln dann noch ein wenig?". Michael grinste und setzte sich neben Jule aufs Bett.

„Oder lassen wir das Essen weg, Schatz?", flüsterte er Jule leise ins Ohr.

Michael bekam nur ein Knurren zur Antwort, lachte kurz auf, aber ließ sich von seinem Vorhaben nicht abbringen, seine zukünftige Frau zu verführen.

Vorsichtig begann er, an ihrem Ohr zu knabbern, glitt langsam hinunter zu ihrem Hals und endete schließlich auf ihrem weichen Mund. Jules Knurren ging langsam in ein wohliges Seufzen über, sodass Michael erst recht nicht aufhörte, ihren Körper zu erkunden.

Langsam befreite er sie von ihrem Shirt und ihrer Hose, fuhr zärtlich an ihren schlanken Oberschenkeln hinunter zu den schmerzenden Füßen, an denen sie besonders empfindlich war. Ein kurzer Aufschrei ließ Michael kurz innehalten, doch nur so lange, bis Jule sich wieder entspannt hatte. Er ersetzte seine Hände durch seine Lippen und begab sich auf dem gleichen Weg zurück.

Jule genoss es einfach, jede seiner kleinen Berührungen, jeden kleinen Stromstoß, den er in ihr auslöste. Sie vergaß für die nächsten Augenblicke ihre Abgespanntheit, den wunderbaren Tag und die damit verbundenen Anstrengungen. Sie begab sich mit ihrem Mann auf eine sinnliche Reise, die beide schon soft miteinander erlebt hatten und auf der es dennoch immer neue Entdeckungen gab.
„Ich liebe dich", raunte Michael, bevor sie beide davon getragen wurden.

Schwer atmend lagen sie sich gegenüber und sahen sich tief in die Augen.
„Ich liebe dich auch", sagte Jule leise.
„Und weißt du was? Jetzt habe ich richtig Hunger!" Sie konnte sich ein kindliches Lächeln nicht verkneifen.
„Meine unverbesserliche Romantikerin!", lachte Michael. „ Das liebe ich so an dir!"
Als Michael jedoch später mit ein paar Sandwiches zurückkam, die er in der nahegelegenen Tankstelle gekauft hatte, schlief Jule bereits tief und fest.

Nach einem ausgiebigen Frühstück am nächsten Morgen entschieden sich die beiden, noch ein wenig in dem hübschen Ort zu bleiben. Sie verbrachten den herrlichen Tag in der traumhaften Natur, spazierten an der malerisch anmutenden Küste entlang, völlig versunken in die Umgebung und sich selbst. Das Meer lag vor ihnen, wie ein großes Buch der Zukunft. Sie schwärmten von der gemeinsamen Zeit, die sie schon als Paar miteinander verbracht hatten, von ihrem Abenteuer in diesem atemberaubenden Land, das sie mit seinen unglaublichen Farben einlud, innezuhalten und zu genießen. Sie träumten von ihrer gemeinsamen Zukunft und gaben sich das Versprechen, Irland nie wieder aus ihrem Leben zu lassen.

„Wir kommen so oft es möglich ist mit unseren Kindern her", träumte Jule laut. „Und mit unseren Enkeln", beendete Michael den Satz seiner Freundin.

Glücklich lächelnd sahen sie sich in die Augen, ihre Liebe war einfach perfekt.

Fast.

5

Schweren Herzens verließ das Paar am folgenden Tag Dundalk und damit auch Dundalk Bay, den Ort, an dem sie die letzten beiden Tage verträumt gesessen hatten.
Ihr nächstes Ziel war Newcastle, ca. 30 Kilometer entfernt. Wenn das Wetter hielt, was es versprach, sollten sie spätestens am Abend ankommen.
Entlang der Küste verging die Zeit so unglaublich schnell, dass es bald Nachmittag war, als sich Jule auf einen großen Stein setzte, um etwas auszuruhen.
„Schau dir dieses wundervolle Farbspiel am Himmel an. Es scheint so, als würden der Himmel und das Meer in einem Wettstreit stehen, wer von beiden mehr Farben aufzubieten hat."
Lächelnd biss Jule in ein Sandwich und reichte Michael ebenfalls eines.
„Unglaublich! So etwas habe ich noch nie gesehen!", stimmte Michael zu und ließ sich neben Jule nieder. Zu diesem Zeitpunkt ahnte keiner der beiden, dass dieses Naturschauspiel nicht grundlos stattfand.

Wenig später, sie waren bereits weitergegangen, kam ein Wind auf, der langsam vermuten ließ, was folgen könnte.

Jule verfolgte noch immer gespannt, wie sich der Himmel langsam verdunkelte, das Wasser sich aufbäumte und das Grün der Steilküste in ein merkwürdig beängstigendes Licht getaucht wurde.

„Wir sollten uns lieber etwas beeilen und einen Unterschlupf finden, Schatz", meinte Michael besorgt.

„Ich glaube, in weniger als einer halben Stunde werden wir uns mitten in einem Gewitter befinden!"

Um seine Sorge zu unterstreichen, zog er Jule ein Stück von dem schmalen Weg entlang der Küste weg. Erst als Jule sein besorgtes Gesicht sah, folgte sie ihm freiwillig etwas schneller.

Ein schönes Stück vor ihnen konnten sie eine Burgruine ausmachen. Sie stand mitten auf der Wiese, als hätte man sie gerade erst dort hingesetzt, als würde sie dort gar nicht hingehören. Unwirklich irgendwie, wie eine Art Fata Morgana.

„Wir müssen es bis zur Ruine schaffen, bevor es losgeht!" Jetzt war es Jule, die Michael entschlossen mit sich zog.

Und sie sollten beide Recht behalten, denn kaum, dass sie an der ehemaligen Burg angekommen waren, öffnete der Himmel seine Pforten und der Regen prasselte zu Boden. Begleitet von Blitz und Donner war dieses Szenario fast schon wieder beeindruckend, wenn es nicht zeitgleich so beunruhigend wäre.

Die Ruine machte ihrem Namen alle Ehre. Es stand kaum noch ein Stein auf dem anderen, zumindest nicht so, dass man sich irgendwo unterstellen und schützen konnte.

Ein gewaltiger Lichtblitz ließ das Paar erstarren. Der inzwischen komplett dunkle Himmel wurde plötzlich in ein grelles Licht getaucht.

Der Blitz schlug unmittelbar vor ihnen in den ehemaligen Burghof ein, gefolgt von einem so ohrenbetäubendem Donnergrollen, dass einem das Blut in den Adern gefror.

Ruckartig zerrte Michael Jule zur Seite in einen dunklen Raum des teilweise zerstörten Turmes.

Michael hatte Jule fest im Arm, als sie sich etwas weiter in den Raum vortasteten.

Erschöpft und am ganzen Leib zitternd ließen sie sich an einer Wand nieder.

Da die beiden gut ausgerüstet waren, war auch eine Taschenlampe im Gepäck und Michael kramte danach.

„Großer Gott! Was für ein Unwetter!", murmelte Jule zitternd immer wieder vor sich hin.
Doch als Michael die Lampe endlich gefunden und angeschaltet hatte, murmelte sie nicht mehr.
Mit vor Schrecken geweiteten Augen schrie sie so laut, wie sie es vorher vermutlich noch nie getan hatte!
Keine zwei Meter entfernt sah sie in das Gesicht eines Mannes, der sie aus leeren Augen anstarrte!

Ihre Gedanken und Empfindungen liefen Amok.
Sie glaubte, auch Michael neben sich schreien zu hören, doch sie war nicht sicher.
Wer war dieser Mann?
Was zum Teufel machte er hier?
Lebte er?
Oder starrte sie in die Augen eines Toten?

Jule war einfach nicht in der Lage, ihr Gehirn unter Kontrolle zu bekommen.
Pure Angst hatte Besitz von ihr ergriffen.
Sie spürte, wie Michael sie festhielt und versuchte, sie ein Stück weiter wegzuziehen.
Die Lampe war auf den Boden gefallen und reflexartig riss Jule sie an sich.
Sie richtete sie intuitiv direkt in Richtung dieses Mannes!

Plötzlich erhob dieser ruckartig eine Hand und legte sie schützend vor seine Augen.
Die andere richtete er in Richtung des zitternden Paares.
Ein lautes Grollen entrann seiner Kehle, ähnlich dem, wie es draußen zu hören war.

Er lebte!
Dieser Kerl lebte!

Ob das gut oder schlecht war, vermochte Jule in diesem Moment nicht zu sagen.
Unaufhörlich schoss ihr das Adrenalin durch den Körper. Sie nahm die Lampe ein wenig herunter.
Langsam eroberte ihr Verstand ihren Körper zurück.
Keine Panik! Ganz ruhig!
Ohne weiter darüber nachzudenken, rief sie stockend:
„Wer sind Sie?"

Ihre dünne Stimme vermochte kaum die Geräusche des Gewitters zu übertönen.
Der Mann reagierte nicht.
Er saß noch immer ruhig da.
Erst als Jule die Lampe wieder direkt auf sein Gesicht richtete, schrie er erbost auf:
„Turn off the light!"

Jetzt erst fiel es ihr auf.
Sie hatte deutsch gesprochen.
Sie sah in Michaels Angst in seinen weit aufgerissene Augen und versuchte es erneut, diesmal auf Englisch.
„Wer sind Sie? Was tun Sie hier?"
Doch auch darauf antwortete der Mann nicht, sondern brummte nur bedrohlich.
Jule sah ihn sich im schwachen Schein der Taschenlampe eingehender an.
Er musste schon älter sein, zumindest hatte es den Anschein. Sehr groß war er wohl auch nicht, wenn man das so sagen konnte, denn er hockte genau wie sie und Michael am Boden.

„Lass uns versuchen, hier rauszukommen!", flüsterte Michael mit bebender Stimme.
Hektisch bewegte Jule die Lampe Richtung Ausgang.
Da der Mann vor ihnen saß, mussten sie an ihm vorbei.
Aber sie hatten keine andere Wahl. Sie mussten es versuchen.
Doch noch ehe sie mit einem Nicken ihren Plan besiegelten, bewegte sich der Fremde.
Sofort richteten sie die Lampe wieder auf ihn!

Er erhob sich schwer atmend, wandte sich von ihnen ab, um dem Schein der Lampe zu entgehen und murmelte etwas Unverständliches.
Da es draußen ein klein wenig heller geworden war, konnte man sehen, dass sich der Mann schwerfällig in Richtung Burghof bewegte.
Er hinkte ein wenig und wenn man sich nicht zu sehr täuschte, musste er schon sehr betagt sein.

Obwohl die anscheinende Gefahr noch nicht vorüber war, beruhigten sich die jungen Leute ein wenig.
Es dauerte nicht lange und der alte Mann war verschwunden.
Nicht aber das Unwetter, welches zumindest vorübergehend weitergezogen war.
Mit einem kräftigen Knall meldete es sich zurück und der andauernde Regen drohte langsam, ihren kleinen Unterschlupf zu überfluten.
Noch immer unfähig, sich über das gerade Erlebte zu unterhalten, rückten Jule und Michael immer näher zusammen.
Es war unheimlich kalt geworden.
Jule versuchte, die Decke im Rucksack zu finden, als Michael ihre Hand nahm.
„Ich hatte noch nie solche Angst! Es war so unheimlich! Was wollte dieser Kerl hier?", fragte er.

„Schatz, ich weiß es auch nicht. Ich hoffe nur, er ist weg! Ich will gar nicht wissen, was er hier wollte", antwortete Jule schnell, um ihre eigenen Gedanken an das Geschehene zu verdrängen und legte die Decke über Michaels Schultern.
„Trotzdem sollten wir hier schleunigst raus. Das Gewitter muss doch auch einmal vorbei sein und wir sollten eine Unterkunft finden, aber ..."
Michael legte den Finger auf ihre Lippen und blickte erschrocken in Richtung Ausgang.

Obwohl Jule schon ahnte, was sie zu sehen bekommen würde, schaute sie in die gleiche Richtung.
Diesmal blieb ihr der Schrei im Hals stecken.
Er war wieder da!
Der Mann stand trotz seiner kläglichen Gestalt wie ein Ungeheuer im Eingang des dunklen Raumes. In der rechten Hand hatte er einen größeren Stock, den er plötzlich hochhob.

„Großer Gott...", brachte Michael gerade noch heraus, bevor Jule aufsprang und schreiend auf den Mann zulief.
„Jule! Nicht!", rief Michael und versuchte sie, aufzuhalten.

6

„Kommen Sie mit!", brüllte der Mann in den Raum hinein, gefolgt von einem erneuten Donnergrollen, das die Erde erbeben ließ.
Die Art, wie der Mann das sagte, ließ es nicht zu, ihm zu widersprechen.
Dennoch schrie Jule ihn an: „ Niemals!"
Michael zog sie zurück, versuchte, sie wieder zu beruhigen. Sie mussten vernünftig sein, nicht überhastet handeln.

„Es wird nicht aufhören zu regnen. Ich werde Sie nicht noch einmal bitten, also kommen Sie mit!"
Sein Ton war noch immer scharf und bestimmend, aber seine Aufforderung hörte sich nicht mehr nach einer Drohung an.
Verblüfft schauten sich die beiden an.
Hatte er ihnen gerade angeboten zu helfen?
Der Alte kehrte ihnen den Rücken zu, stütze sich auf den Stock und ging wieder in den Regen hinaus.
Es blieb ihnen offensichtlich nicht viel Zeit zum Überlegen. Wenn sie einmal draußen waren,

hatten sie immer noch die Möglichkeit wegzulaufen.
Sie rafften hastig ihre Sachen zusammen und folgten dem Mann.

Der Regen prasselte unaufhörlich auf das ungleiche Trio herunter und obwohl zumindest das Gewitter scheinbar weitergezogen war, war es noch unangenehm windig.
Es war ungewöhnlich kalt geworden und wenn man nicht gewusst hätte, dass es erst Nachmittag war, hätte man annehmen müssen, es wäre Nacht.
Der Himmel war tiefschwarz und hing so unheimlich über ihnen, dass es einem Angst machte.
Ganz abgesehen von der Tatsache, dass Jule und Michael gerade einem Mann folgten, den sie nicht kannten.
Schon gar nicht, ob es eine so gute Idee gewesen war, ihm zu folgen.
Doch allein die Möglichkeit, jetzt jederzeit fliehen zu können und nicht mehr mit ihm zusammen in diesem Raum gefangen zu sein, stimmte die beiden etwas optimistischer.

Sie konnten nicht genau sagen, wie lange es gedauert hatte, bis sie durch den Regen in einiger Entfernung ein Gebäude ausmachen konnten.

Erleichtert sah sich das Paar an.
Da der Mann direkt darauf zulief, nahmen Jule und Michael an, dass er dort zu Hause war.
Endlich dort angekommen, öffnete der Alte die Haustür, schloss sie aber sofort wieder hinter sich.
Jule hatte sich inzwischen frierend bei Michael untergehakt und starrte verständnislos auf die geschlossene Tür.

Wenig später kam der Mann heraus.
„Dort drüben ist der Schuppen, Sie können dort bleiben, bis der Regen nachlässt. Aber dann verschwinden Sie sofort!"
Wütend drückte er Michael eine alte Decke gegen die Brust und zeigte auf ein kleines, altes Gebäude.
Die Tür wurde erneut zugeschlagen und die beiden standen verdutzt davor.
Jetzt waren sie zwar etwas sicherer, dass sie von diesem Fremden nichts zu befürchten hatten, doch in seiner selbst gewählten Rolle als Gastgeber fühlte er sich offensichtlich sehr unwohl.

Zurückhaltend betraten sie den Schuppen.
Überall standen alte Maschinen, Werkzeuge und Getreidesäcke herum.
Ein Stück weiter hinten entdeckte Michael ein kleines Strohlager, auf das er zusteuerte.

Sichtlich erleichtert und entspannt, ließ er sich nieder und winkte Jule zu sich.
Sie blickte sich staunend im Raum um, entdeckte hier und da einige alte Dinge, die schon ewig hier liegen mussten und sogar ein paar alte Schlittschuhe, die mit Spinnweben und Staub bedeckt waren.
„Schau mal, damit ist der Alte als Kind bestimmt gefahren."
Jule hob die Schlittschuhe hoch, um sie Michael zu zeigen.
„Sie sind sehr schön und sicher schon sehr alt. Lege sie aber bitte wieder hin, ich glaube, wir haben den guten Mann schon etwas zu sehr gereizt, allein durch unsere Anwesenheit."
Skeptisch hob Michael die Braue.
„Ja, du hast Recht." Etwas betroffen stellte Jule die Schlittschuhe wieder ab und kuschelte sich zu ihrem Freund.
„Vielleicht sollten wir versuchen, ein wenig zu schlafen, wer weiß, wann wir wieder rausgeschmissen werden", schmunzelte Michael.
Aneinandergeschmiegt schliefen die beiden schnell ein und bemerkten nicht, dass sie noch einmal Besuch bekamen.

Adam war zwar ein knurriger und schrulliger alter Mann, doch nicht ganz so herzlos, wie es den

Anschein hatte. Nach einer Weile in seinem Haus plagte ihn sein Gewissen doch zu sehr und veranlasste ihn dazu, nach den beiden Gästen, die er unfreiwillig aufgenommen hatte, zu schauen. Ihnen vielleicht etwas Wasser und Essen anzubieten oder sich eventuell ein wenig mit ihnen zu unterhalten.

Er hatte sie schließlich ziemlich erschreckt, als sie ihn an seinem Lieblingsplatz in der Ruine überrascht hatten.

Es kam dazu auch sehr selten vor, dass es jemanden hier her verschlug, außer Ray natürlich, seinem Neffen, der Adam jede Woche mit Lebensmitteln versorgte.

Überhaupt konnte sich Adam kaum daran erinnern, wann er das letzte Mal Kontakt zu anderen Leuten gehabt hatte. Er liebte die Einsamkeit inzwischen, auch wenn sie ihm vor vielen, vielen Jahren aufgezwungen worden war.

Noch immer lebte er in seinem Elternhaus, hatte seine Geschwister gehen und seine Eltern sterben sehen. Und er hatte sein eigenes Leben verloren, als Adele ihn verließ.

Die Erinnerungen an seine geliebte Frau kamen wieder hoch, als er das junge Pärchen in seinem Schuppen liegen sah, glücklich und augenscheinlich voller Liebe füreinander.

Auch nach 70 Jahren war diese allumfassende Liebe, die er für Adele empfand, nicht weniger intensiv. Er vermisste sie schmerzlich, jeden Tag mehr, hatte er manchmal das Gefühl und er wusste nicht, warum er dazu verurteilt war, so lange ohne sie weiterleben zu müssen.
Die unbeschreiblichen Schmerzen des Verlustes waren zu einer nie endenden Qual geworden. Warum ließ ihn Gott nicht einfach sterben?

Schnell versuchte Adam die Gedanken an Adele beiseite zu schieben. Er stellte ein Tablett mit Brot, Käse und Wasser auf einen Holzstumpf und wandte sich zum Gehen.
Als er jedoch sah, dass sich in seinem Schuppen etwas verändert hatte, stieg sofort wieder Wut in ihm auf. Wie konnten diese beiden es wagen, hier herumzustöbern!
Alles, wirklich alles stand seit damals an seiner Stelle, so, wie es Adele verlassen hatte. Und jetzt? Wie lange waren die beiden in dem Schuppen? Einige Stunden und sie hatten bereits Adeles Schlittschuhe, die sie so geliebt hatte, hervorgekramt?
Und sie natürlich nicht genauso wieder zurück gestellt, wie sie vorher gestanden hatten!
Adam war drauf und dran, die beiden Eindringliche zu wecken und hinauszuwerfen, in

den Regen, der vermutlich noch einige Tage andauern würde.
Aber er entschied sich anders. Er stapfte wütend zurück ins Haus, dessen sicher, sich nicht weiter um die beiden zu kümmern zu wollen. Irgendwann würden sie schon gehen.

7

Vorsichtig öffnete Jule die Augen. Es musste noch früh am Morgen sein und ein kurzer Blick auf die Uhr bestätigte ihre Vermutung.
Da ihr Nachtlager zwar romantisch, aber eher unkomfortabel war, stand sie vorsichtig auf, um Michael nicht zu wecken.
Sie hatte Hunger und außerdem war sie neugierig. Sie musste sich unbedingt noch ein wenig umschauen. Es interessierte sie sehr, welche verborgenen Schätze es in diesem Schuppen noch gab. Es war einfach aufregend, die alten Dinge zu begutachten. Hinter jedem einzelnen Stück gab es eine Geschichte und das faszinierte sie.
Aus dem Rucksack schnappte sie sich eine paar Kekse und einen Apfel und ging auf Erkundungstour.

Vor einem ebenfalls eingestaubten und mit Spinnenweben zugesetzten Sonnenschirm aus den 30er oder 40er Jahren blieb sie stehen.
Er war wunderschön, die Spitze, die mit rosa Satin abgesetzt war, war noch gut zu erkennen.
Als sie gerade danach greifen wollte, spürte sie Michaels Hände an ihrer Hüfte.
„Was tust du schon wieder? Du sollst doch nicht in fremdem Eigentum stöbern", sagte er lächelnd, als sie sich umdrehte.
„Übrigens, danke für das Frühstück. Ist wirklich lieb von dir."
Erst als Jule ihn verwundert ansah, zeigte Michael auf das Tablett, welches Adam hatte stehen lassen.
„Oh", sagte Jule nur.
„ Ja, wahrscheinlich ist dieser Kerl doch ganz nett, oder, er will uns erst fett füttern und dann steckt er uns in den Ofen!"
Laut lachend warf Michael den Kopf in den Nacken.
„Du bist unmöglich!", schalt ihn Jule.
„Wir wissen nichts von ihm und sollten wirklich so schnell wie möglich versuchen, nach Newcastle zu kommen, um ihn nicht länger zu stören", meinte Jule.
Doch als Michael die Tür öffnete, wurden ihre Pläne sofort wieder verworfen. Es regnete nach

wie vor, es war unmöglich, zu Fuß von hier wegzukommen.
Inzwischen war der Hof überflutet. Die beiden schauten sich ein wenig um und mussten zugeben, dass das kleine Haus und die Anlage sehr hübsch aussahen.
Am Vortag war davon nicht viel zu sehen gewesen, obwohl es sich auch jetzt am frühen Morgen nicht wirklich aufgehellt hatte.
Die dunklen Wolken hingen unheilvoll über dem Stück Land, die Umgebung war in ein seltsam mystisch anmutendes Licht getaucht, Wiesen und Bäume waren überschattet vom Nebel, der mit dem Regen einherging.
Als Michael die Tür wieder schloss, ging gegenüber im Haus das Licht an.
Offensichtlich war der Alte aufgestanden.
„Wir sollten nachher hinübergehen und uns für die Gastfreundschaft bedanken. Vielleicht kennt dieser Mann eine Möglichkeit, hier wegzukommen", meinte Jule.

Wenig später klopften die beiden an Adams Tür.
Nachdem er nicht sofort öffnete, versuchten sie es erneut. Sie hörten ihn knurren und kurz darauf riss er die Tür ein Stück auf und lugte hinaus.
„Was wollen Sie noch?", fragte er forsch.

„Entschuldigen Sie, wir wollten uns nur bedanken, dass Sie uns aufgenommen haben", begann Michael.
„Wofür? Dass Sie zum Dank in meinen Sachen schnüffeln?", knurrte Adam sofort zurück.
Jule sah Michael erschrocken an.
„Es tut mir Leid."
Jule blickte betroffen zu Boden. Ihre Neugier hatte sie schon des Öfteren in Erklärungsnot gebracht.
Mittlerweile war das Paar bis auf die Haut durchnässt. Trotzdem sprach Michael ruhig und sachlich weiter, um den Alten nicht noch mehr aufzuregen.
„Wir würden gerne weitergehen in Richtung Newcastle. Gibt es vielleicht eine Möglichkeit, dorthin zu gelangen? Eine Busverbindung oder ähnliches?"
Adam begann, grimmig zu lachen.
„Nein, so etwas gibt es nicht! Sie haben keine Ahnung, wo sie hier sind, oder? Es kommt hier auch nur selten ein Auto vorbei! Bei diesem Unwetter schon gar nicht! Sie werden wohl laufen müssen!", sagte er genervt und war im Begriff, die Tür zu schließen.
Dabei fing er jedoch Jules Blick auf, der ihn sehr an seine Adele erinnerte. Warum, konnte er nicht sagen, sie sah ihr nicht ähnlich, aber vielleicht war

es Adeles liebes Wesen, welches er auch in Jule erkannte.
Die beiden nickten dankend und liefen zurück zum Schuppen, um ihre Sachen zu holen.
Sie konnten unmöglich noch länger bleiben.
Adam sah ihnen nach.
Als sie bepackt wieder herauskamen, winkte er sie zu sich.
Widerwillig sagte er:
„Kommen Sie rein! Sie werden nicht weit kommen. Sie können bleiben, bis sich das Wetter bessert."
„Aber…", wollte Michael eigentlich antworten, doch der Alte kehrte ihnen bereits den Rücken und ging hinein.
Verdutzt folgten sie ihm.
Jule betrat als erste das Haus und war sofort überwältigt!
Es schien, als befänden sie sich plötzlich in einer anderen Welt.
Der kleine Flur führte in ein geräumiges Wohnzimmer, in dem alles an eine längst vergangene Zeit erinnerte.
Überall hingen alte Fotos, die teilweise verblichen waren, Gardinen aus den 30er Jahren, die zudem auch eine Wäsche dringend nötig hatten.
Auch die Möbel und eine alte Couch schienen ihre besten Jahre lange hinter sich zu haben.

Doch die alten Schränke in dunklem Holz, mit Verzierungen und die wunderschön dekorierten kleinen Beistelltische in fast jeder Ecke des Raumes faszinierten Jule. Sie mochte solche alten, urigen und gemütlichen Möbel.

Ihr Gastgeber verschwendete offensichtlich nicht viel Zeit damit sauberzumachen, dennoch hatten augenscheinlich alle Dinge im Raum ihren vorgesehenen Platz. Nichts wirkte durcheinander, nichts willkürlich zusammengestellt.
Nachdem Adam die beiden gebeten hatte, Platz zu nehmen, bot er ihnen einen Tee an.
Dankend nahmen sie das Angebot an und waren froh darum, sich am brennenden Kamin ein wenig aufwärmen zu können.
Erst jetzt erkannte man in Adam einen wirklich betagten Mann. Seine Art zu gehen, sich zu bewegen und sein von der Zeit gezeichnetes Gesicht verrieten sein wahres Alter. Er musste weit über 80 Jahre sein.
Als er mit dem Tee zurückkam, setzte er sich dem Paar gegenüber auf seinen Lieblingssessel.
„Da wir zwangsläufig ein wenig Zeit miteinander verbringen müssen, weil ich nicht dafür verantwortlich sein will, dass Ihnen bei diesem Unwetter etwas zustößt, sollte ich mich vorstellen. Ich heiße Adam Churchan.

Auch Jule und Michael stellten sich vor.
„Herzlichen Dank noch einmal, Mr. Churchan. Wir hätten nicht angenommen, dass das Unwetter...", begann Michael, wurde aber von Adam sofort unterbrochen.
„Lassen Sie es gut sein. Es passt mir nicht, dass Sie hier sind, das will ich nicht leugnen. Ich lebe allein und mag keine Gäste. Lassen Sie uns diese Ausnahme nicht zu sehr bereden, sonst werfe ich Sie am Ende doch noch raus."
Adam huschte ein kleines Lächeln über die Lippen, was Jule nicht entgangen war.
Denn in Wirklichkeit war Adam froh darüber, etwas Gesellschaft zu haben. Die vielen Jahre allein hatten ihn zu einem mürrischen Einsiedler gemacht, der er im Grunde nicht sein wollte.
„Sie sind also aus Deutschland, wenn ich das richtig verstanden habe? Das erklärt allerdings vieles und vor allem ihre merkwürdige Aussprache", meinte Adam und fuhr fort:
„Was machen Sie hier in dieser Gott verlassenen Gegend?"
Sichtlich entspannt begann Michael von ihrer Reise zu erzählen, wie sehr ihn das Land faszinierte, warum sie auf eigene Faust unterwegs waren und was sie noch vorhatten. Als er jedoch begann, über die Geschichte des Landes zu berichten und die Schauplätze mit eigenen Augen

sehen zu wollen, verfinsterte sich Adams Blick erneut. Michael fiel es gar nicht auf, erst als Jule ihn in die Seite stieß, redete er nicht weiter. Verwundert schaute er seine Frau an.

„Ich glaube, das interessiert Mr. Churchan nicht besonders, Schatz", sagte sie ihm eindringlich, sodass auch Michael verstand.

„Erzählen Sie mir lieber von Ihrem Land. Meines kenne ich", fuhr Adam nach einiger Zeit fort, sichtlich in Gedanken.

Der Tag verging und die Gespräche der drei vertieften sich.

Sie fühlten sich ungewöhnlich wohl miteinander und mittlerweile fand auch Adam Gefallen daran, nicht mehr allein zu sein. Er mochte die beiden, das musste er zugeben.

Aus den wenigen Lebensmitteln, die Adam noch hatte und die Jule zusätzlich aus dem Rucksack zog, zauberten sie gemeinsam ein kleines Abendessen. Er genoss es sichtlich. Er konnte sich nicht erinnern, das letzte Mal mit jemandem zusammen gegessen zu haben.

Glücklich lächelnd verabschiedete sich Adam dann am Abend, um ins Bett zu gehen. Es war spät geworden.

„Die obere Etage ist frei", meinte er noch.

„Sie finden dort ein Schlafzimmer und ein kleines Badezimmer. Es ist zwar seit Jahren ungenutzt,

aber es sollte reichen. Vielleicht finden Sie in dem Schrank im Flur Bettsachen und Handtücher, die noch nicht von Motten zerfressen sind", grinste er im Gehen.
Draußen regnete es nach wie vor ununterbrochen. Jule schaute verträumt hinaus.
„Ich mag ihn, er ist ein sehr lieber Kerl unter seiner verbitterten Fassade."
Michael trat an sie heran und nahm sie in die Arme.
„Du hast Recht. Er ist ein liebenswürdiger, alter Mann. Obwohl wir das bei unserer ersten Begegnung gestern nicht erwartet hätten, oder? Das war eher angsteinflößend und gruselig."
Michael musste lächeln, als er daran dachte, auf welche Weise sie sich kennengelernt hatten.

8

Auch am nächsten Morgen war Jule nicht allzu überrascht, dass sich am Wetter bislang nichts geändert hatte.
Michael lag entspannt neben ihr in dem gemütlichen Bett.
Bei Tageslicht sah das Zimmer genau so aus, wie der Rest des kleinen Bauernhäuschens. Antik und mit sehr viel Liebe zum Detail, würde man in Deutschland sagen.
Man sah dem Zimmer an, dass es seit langer Zeit ungenutzt gewesen war.
Der Staub hatte auch hier alles vereinnahmt und die „ frische Bettwäsche" aus dem Bauernschrank im Flur, wie Mr. Churchan meinte, hatte im Laufe der Zeit einiges an Frische eingebüßt.
Aber darauf hatte Adam sie ja vorbereitet.
Trotz allem fühlte sich Jule wohl in diesem Haus, die Zweckgemeinschaft mit Adam und dessen Einsiedlerdasein erfüllte sie mit Neugier, sie wollte unbedingt mehr über ihn erfahren.

Vorsichtig stand sie auf, um Michael nicht zu wecken. Es war gar nicht so einfach, denn das Bett machte bei jeder Bewegung unglaublich laute Geräusche.

Jule hoffte darauf, dass Adam schon wach sein würde, wenn sie hinunterging.
Doch als sie nach unten kam, war noch alles ruhig. Sie glaubte, Adam im Nebenzimmer schnarchen zu hören. Es war ja auch noch sehr früh, also nahm sie sich vor, Teewasser aufzusetzen, wie er es tags zuvor für sie getan hatte.
Der Kessel pfiff leise vor sich hin.
Jule stand am Fenster und beobachtete die Regentropfen, die stetig an der Scheibe herunterliefen.
Etwas weiter entfernt sah man den Schuppen und daneben, wenn sie sich nicht irrte, befand sich eine Art Gartentor. Bisher war es ihr nicht aufgefallen. Es lag etwas versetzt hinter dem Schuppen und war von hier aus viel besser zu sehen. Obwohl der Regen und der dazugehörige Nebel den Blick nicht vollkommen freigab, sah man traumhaft schöne Blumen am Tor entlang ranken, die die Pforte fast komplett bedeckten. Die Blumen schienen das große alte Tor förmlich zu vereinnahmen, sie schienen es beschützen zu wollen.
Jule erinnerte der Anblick an das Märchen vom Dornröschen.

Gedankenverloren nahm sie den Kessel vom Herd, zog ihre Jacke über, die sie vor dem Regen schützen sollte, und trat vor die Tür.

Den Blick weiterhin auf das Gartentor gerichtet, wie hypnotisiert, als gäbe es in diesem Moment nichts anderes für Jule, ging sie auf das Tor zu.

Sie musste unbedingt herausfinden, wohin dieses wunderschöne Tor führte.

Als sie näher kam, fiel ihr auf, dass der hintere Teil des Hauses und der Schuppen durch dieses Tor miteinander verbunden waren. Hinter den Gebäuden befand sich ein kleines Waldstück, was ihr vorher ebenfalls nicht aufgefallen war. Es war nicht groß, eher wie ein angelegter Garten, doch viel mehr war auch nicht zu sehen.

Als sie den Türknauf umfassen wollte, schreckte sie augenblicklich zurück.

Dornen!

Die Blumenranken bestanden aus einem wilden Mix verschiedener Pflanzen. Rosen waren auch darunter, wie Jule schmerzlich feststellte.

Und wenn sich die Rosen bereits um den Türgriff rankten, konnte wohl lange niemand mehr hindurch gegangen sein, ging es ihr durch den Kopf.

Ein klein wenig kam sie sich vor, als wäre sie auf der Suche nach dem schlafenden Dornröschen.

Dass sie mit ihrer unbändigen Neugier tatsächlich gerade im Begriff war, etwas aufzudecken, was seit langem verborgen war, konnte Jule in diesem Moment nicht erahnen.

Vorsichtig versuchte Jule, mit dem Ärmel ihrer Jacke die Dornen beiseite zu schieben.

Kurz kam ihr der Gedanke, dass sie gar nicht das Recht hatte, einfach auf Adams bescheidenem Anwesen auf Entdeckungstour zu gehen. Es war Adam schon nicht Recht gewesen, dass Jule im Schuppen in seinen Sachen gestöbert hatte. Diese Aktion würde ihm sicher noch weniger gefallen.

Sie schaute über die Schultern hinweg zurück zum Haus. Ihr schlechtes Gewissen plagte sie schon ein wenig, wohl aber nicht genug.

Ihre Neugier war stärker und sie schaffte es irgendwie, das Tor ein Stück zu öffnen. Es ging ziemlich schwer, es knarrte und einige der verwachsenen Pflanzen wurden durch das Öffnen des Tores abgerissen.

Jule konnte einen Blick in den Garten werfen und war ein wenig enttäuscht.

Was sie sah, war eigentlich gar kein Garten, sondern ein wildes Durcheinander an wuchernden Sträuchern und hochgewachsenem Gras, verschiedenen Bäumen, die längst hätten ausgeschnitten oder gefällt werden müssten.

Teilweise waren Äste heruntergebrochen und bereits mit dem viel zu hohen Gras verwachsen.
Jule lief dennoch weiter und sah ein kleines Stück entfernt so etwas wie eine Hütte unter einer alten Eiche stehen.
Sie schien relativ robust zu sein, denn im Gegensatz zu den anderen Dingen in diesem Garten war sie noch nicht dem Verfall geweiht.
Das Dach war durch einige schwere Äste zwar teilweise eingefallen, aber die Steinmauern standen noch und boten ausreichend Schutz.
Jule bahnte sich einen Weg zu der Holztür an der Seite des Häuschens. Als sie davor stand, zögerte sie kurz, griff aber dann doch nach dem verrosteten Griff.
In diesem Moment wurde sie an der Schulter gepackt und herumgerissen!
Erschrocken schrie Jule auf und blickte in Adams zornige Augen.
Worte waren gar nicht nötig.
Betroffen sah sie zu Boden.
Adam war ein Stück zur Seite getreten, um Jule vorbeizulassen.
Schweigend liefen die beiden zurück zum Haus.
Adam wies Jule an hineinzugehen und als er die Tür hinter sich geschlossen hatte, fragte er:
„Sie können nicht anders, oder? Sie müssen unbedingt in fremder Leute Sachen schnüffeln!"

Jule setzte gerade zu einer Entschuldigung an und hoffte inständig, dass Michael noch schlafen würde, damit er nicht mitbekam, was sie wieder angestellt hatte.
Doch sie kam nicht zu einer Entschuldigung.
„Lassen Sie es gut sein!", sagte Adam bestimmt und setzte sich an den Tisch.
„Setzen Sie sich hin. Ich habe den Tee bereits aufgebrüht."
Wie ein begossener Pudel, und das im wahrsten Sinne des Wortes, gehorchte Jule dem Alten.
Eine Zeit lang starrte er sie nur an.
Jule war am Vortag schon aufgefallen, dass Adam ein äußerst charismatisches Gesicht hatte und in seiner Jugend sicher ein sehr attraktiver Mann gewesen sein musste. Über sein tatsächliches Alter konnte man nur spekulieren. Vielleicht täuschten die Spuren eines harten Lebens auch über sein wirkliches Alter hinweg.
Michael kam verschlafen die Treppe herunter, begrüßte Adam freundlich, der aber nicht reagierte und gab Jule einen Kuss.
Als er sich zu den beiden setzte und den Blick zwischen ihnen hin und her wandern ließ, verstand er.
„Was hast du wieder angestellt, Schatz?"

Seine Frage traf Jule mehr, als sie es erwartet hatte. Sie hatte eine Grenze überschritten und das wusste sie.

Als sie zu Adam aufsah, bemerkte sie, dass er ein wenig zu lächeln begonnen hatte.

„Offensichtlich kennt Sie Ihr Freund wirklich sehr gut. Ich muss mich wohl erst noch an ihre Neugier gewöhnen."

Michael sah Jule fast entsetzt an.

„Also?", fragte er nur und Jule fing an, kurz zu erzählen, was geschehen war.

„Das ist nicht dein Ernst!"

Michael konnte es kaum fassen.

Es war aber auch manchmal schlimm mit ihr. Er versuchte, sich bei Adam in Jules Namen zu entschuldigen, aber auch diesmal wehrte der ab.

„Wissen Sie", sagte er schließlich,

„Ich finde es eigentlich gar nicht so schlimm, was passiert ist. Die Neugier Ihrer Frau hat mir sogar ein wenig die Augen geöffnet und mich an eine Zeit erinnert, die ich lange zu vergessen versuchte. Doch vielleicht wird es Zeit, diese Erinnerung wieder aufleben zu lassen. Sie hat mir sehr gefehlt. Ich denke, ich möchte Ihnen gerne eine Geschichte erzählen. Meine Geschichte."

9

Belfast, September, 1939

„ Ziemlich früh am Morgen warf mich mein Vater mit seiner gewohnt ruppigen Art aus dem Bett, um mit mir die Ware für den Markt auf unseren alten Lastwagen aufzuladen.
Einmal im Monat verkauften wir auf dem großen Markt in Belfast unser Obst und Gemüse.
Da wir eine beachtliche Fläche bewirtschafteten, war es einigermaßen lukrativ, und Vater hatte in Belfast zudem die Möglichkeit, geschäftliche Kontakte zu knüpfen.
Da meine Brüder auf dem Feld helfen mussten, war es immer an mir, unseren Vater beim Verkauf zu unterstützen.
Widerwillig quälte ich mich aus dem Bett, zog mich an und ging in die Küche zu meiner Mutter. Sie wartete bereits mit einer heißen Milch auf mich, wie jeden Morgen. Ich lächelte sie liebevoll an, nahm die Milch und trank sie hastig aus.
Es war schon merkwürdig, denn obwohl ich bereits 17 Jahre alt war und bestimmt alt genug, um Kaffee zu trinken, bekam ich jeden Morgen, seitdem ich denken konnte, ein Glas Milch von meiner Mutter. Ein Ritual zwischen uns, was uns

ganz besonders miteinander verband und wofür ich immer dankbar war und es bis heute bin.

Die Fahrt nach Belfast dauerte ungefähr zwei bis drei Stunden, genug Zeit für mich, noch ein bisschen vor mich hin zu dösen. Es gab auch keine andere Möglichkeit, denn mein Vater redete kaum.
Er war kein Mann vieler Worte, eine Eigenschaft, die mir als jungem Mann oft missfiel, die ich jedoch im Verlauf meines Lebens übernehmen sollte.
Der Tag auf dem Markt begann wie jeder andere auch. Der Stand war rasch aufgebaut, die Ware sortiert und ich musste nicht lange auf Kundschaft warten, als mein Vater bereits seinen Geschäften nachging.
Es muss gegen Mittag gewesen sein, als eine ältere Dame an unseren Stand kam, um Äpfel zu kaufen.
Als ich ihr das Wechselgeld zurückgeben wollte, hielt ich plötzlich inne.
Eine junge Frau stand hinter ihr und fesselte mich regelrecht mit ihrem Blick. Ich war nicht in der Lage, meine Augen von ihr abzuwenden. Ihr schien es ähnlich zu ergehen, sie reagierte nicht einmal auf die Worte der älteren Dame, die sie zu kennen schien.

Nie zuvor hatte ich eine so wunderschöne und faszinierende junge Frau gesehen!
Ich bekam nicht mit, dass mir die Dame das Geld einfach aus der Hand nahm, auch nicht, dass sie versuchte, die junge Frau mit sich zu ziehen. Unsere Blicke waren ineinander verfangen, unfähig, sich voneinander zu lösen und in diesen Minuten wurde mir bewusst, dass ich die Frau meines Lebens getroffen hatte!

Sie kam auf mich zu, Schritt für Schritt, langsam, bedächtig und noch immer in meinen Augen versunken. Ich nahm ihre Hand entgegen, die sie mir reichte und fühlte die Wärme ihrer Haut, hörte ihren Namen, der sich in meinem Kopf einbrannte und ich schenkte ihr innerhalb weniger Augenblicke mein Herz.
Adele.

Sie war den ganzen Tag über bei mir geblieben. Ihre Tante, die ältere Dame, mit der sie an unseren Stand gekommen war, hatte sie irgendwann lächelnd bei mir zurück gelassen.

Heute weiß ich nicht mehr, wie dieser Tag genau weiter verlaufen war, auch nicht, wie ich mit meinem Vater wieder nach Hause gekommen war. Ich erinnere mich nur an Adele, ihre hellen

Augen, ihr wunderschönes Gesicht, die dunklen, langen Haare, dieses unglaublich wohltuende Gefühl der Vertrautheit und Geborgenheit, das Gefühl, angekommen zu sein und gleichzeitig zu schweben.

Ich hatte mich mit Adele verabredet, für den nächsten Monat, wenn wir wieder in Belfast sein würden. Um die gleiche Uhrzeit, am gleichen Ort und mit unbeschreiblichen Erwartungen an das Wiedersehen.
Es tat so gut und gleichzeitig so weh, sie ein paar Wochen nicht zu sehen, die Sehnsucht wuchs jeden Tag, jede Stunde und drohte, mich innerlich zu zerreißen.
Dieses Gefühlschaos war so neu für mich, veränderte mich, ließ mich glücklich und traurig zugleich sein.
Ich hatte schon davon gehört, von der Liebe, wie sie es nannten. Dann, wenn meine Brüder Mädchen mit nach Hause brachten oder meine Eltern sich unbeobachtet fühlten und sehr vertraut miteinander umgingen.
Doch diese Liebe womöglich jetzt selbst kennen zu lernen, war etwas völlig anderes. Es brachte mich durcheinander und ich konnte kaum an etwas anderes denken.

Endlich kam der Tag.
Ich war früher auf den Beinen als jemals zuvor an einem Markttag. Ich rannte förmlich in die Küche hinunter. Vater schlief noch, aber Mutter war bereits wach.
Sie lächelte mich an, bat mich, Platz zu nehmen und stellte mir das Frühstück und meine Milch auf den Tisch.
„Ich wusste, dass du heute früher aus dem Bett kommst als sonst", sagte sie und zog die Augenbraue dabei leicht hoch.
„Möchtest du mir von deinem Mädchen erzählen?"
Ich schaute meine Mutter mit großen Augen an. Vater hatte ihr also von Adele erzählt.
„Von meinem Mädchen? Mutter, da ist doch nichts. Wie kommst du darauf?", versuchte ich ihr auszuweichen.
„Ach so? Da ist also nichts? Dein Vater hat mir da etwas anderes erzählt. Du hattest ja nur noch Augen für die schöne, junge Frau, meinte er. Und warum bist du denn heute schon so früh wach? Siehst du sie wieder?"
Manchmal konnte mir meine Mutter schon auf die Nerven gehen. Ich wollte im Moment gar nicht über Adele reden. Ich wollte sie nur endlich wiedersehen. Ich hielt es kaum noch aus und hoffte so sehr darauf, sie bald zu treffen.

Als ich endlich mit meinem Vater losfahren wollte, nahm mich meine Mutter noch einmal kurz zur Seite.
„Genieße es, mein Junge. Vielleicht lerne ich sie ja auch einmal kennen."
Mutter strich mir behutsam über die Wange und lächelte.
Nie hätte ich zu diesem Zeitpunkt gedacht, dass meine Mutter Adele schneller kennen lernen würde, als sie es erwartete.

Die ersten Stunden auf dem Markt verliefen mühsam. Ich hatte gut mit dem Verkauf zu tun und kaum Zeit, nach Adele Ausschau zu halten, doch meine Hoffnung schwand von Minute zu Minute.
Als ich meinen Vater auf mich zukommen sah, wusste ich, dass es bald an der Zeit war, wieder nach Hause zu fahren.
„Du siehst traurig aus, Junge. Ist sie nicht gekommen?"
Ich schüttelte nur den Kopf. Mittlerweile hatte ich die Hoffnung schon aufgegeben. Doch als ich mich umdrehte, um den letzten Sack Kartoffeln zurück auf den Wagen zu werfen, sah ich sie!
Sie stand in einige Entfernung einfach da. Allein.
Sie schaute mich an, kam aber nicht zu mir.

Irgendetwas war anders. Sie sah verändert aus, nicht wie das fröhliche Mädchen mit den wunderschönen Augen.
Nicht mal ihre Körperhaltung war dieselbe. Sie wirkte in sich zusammengesunken, nicht wie sie selbst.
Was war geschehen?
Ich ließ den Sack zu Boden sinken und lief langsam auf sie zu. Ungeachtet dessen, dass mein Vater mit hinterherrief. Ich hörte ihn nicht, ich hörte nur noch Adeles Stimme in meinem Kopf.

Als ich vor ihr stand, stockte mir der Atem.
Ihre Augen waren leer, ihr Gesicht blass. In der rechten Hand trug sie einem Korb, in dem ein Tuch lag, nichts sonst.
Eine gefühlte Ewigkeit standen wir voreinander, ohne etwas zu sagen, bis Adele den Korb fallen ließ und mich umarmte.
Sie hielt mich so fest, als hätte sie nie vor, mich je wieder loszulassen. Tränen liefen heiß über ihre Wangen und durchtränkten mein Hemd.
Obwohl mir bewusst war, dass ihr etwas Schreckliches zugestoßen sein musste, genoss ich ihre Nähe, fühlte sie so nah bei mir, wie niemanden zuvor und spürte, dass ich sie beschützen musste. Für immer!

Diese Erkenntnis traf mich so hart, dass ich sie kurz, ganz kurz von mir löste, um in ihr Gesicht zu schauen und um sicher zu sein, dass mich mein Gefühl nicht täuschte. Und das tat es nicht!
Ich nahm sie sofort wieder in meine Arme. Ich würde ihr helfen, egal, was auch geschehen war, bei ihr sein und alles für sie tun. Nie war ich mir einer Sache so sicher, wie der Tatsache, Adele nie wieder gehen zu lassen.
Wir standen eng umschlungen mitten auf dem Marktplatz, jeder, der vorbeikam, sah uns. Manche lächelten, manche schüttelten den Kopf. Ein älterer Mann kam schließlich auf uns zu. Adele erkannte ihn offensichtlich und löste sich von mir.
„Es tut mir so Leid, Schätzchen! Aber es wird bestimmt wieder alles gut", sagte er und ging weiter.
Wieder füllten sich Adeles Augen mit Tränen. Sie versuchte, ihr Gesicht vor mir zu verstecken, indem sie den Kopf senkte. Doch ich schob vorsichtig ihr Kinn nach oben und sah sie an.
„Was ist passiert?", fragte ich leise. Meine Stimme zitterte. Ich hatte Angst vor dem, was sie mir antworten könnte. Was, wenn sie mir sagte, ich würde sie nie wieder sehen?
„Meine Tante ist gestorben. Ich bin ganz allein, ich hatte niemanden außer ihr. Sie fehlt mir so

*sehr! Ich weiß nicht, wie es weitergehen soll",
antwortete Adele mir bebender Stimme und so
leise, dass es fast nicht zu hören war.
Gedankenverloren hob sie den Korb hoch und
nahm das Tuch darin in die Hand.
„Das ist alles, was mir von ihr geblieben ist."*

*Meine Gedanken schwirrten wild durch meinen
Kopf. Was konnte ich tun, wie konnte ich ihr
helfen? Es musste doch eine Möglichkeit geben?
Wir gingen gemeinsam zurück zu unserem Stand,
den Vater in der Zwischenzeit bereits
zusammengeräumt hatte. Er sagte nichts, er nickte
nur und wir setzten uns auf die kleine Bank, die
gerade genug Platz für uns beide bot.
Adele begann, mir ihre traurige Geschichte zu
erzählen.
Ihre Eltern waren früh verstorben und sie wuchs
bei ihrer Tante auf. Sie hatten nur eine kleine Ein-
Zimmer-Wohnung, in der sie zusammen lebten.
Der Vermieter, ein übler Kerl, hatte Adele schon
Monate zuvor belästigt und versucht sie dazu zu
bringen, ihm gefällig zu sein. Er behauptete
immer wieder, sie musste so die fällige Miete
abbezahlen. Doch sie hatte sich immer gewehrt
und sie mit dem Verkauf von selbst gefertigten
Sachen in ihrer Straße gezahlt.*

Die Miete war unanständig hoch, doch sie und ihre Tante hätten sonst nicht gewusst, wohin sie hätten gehen können.

Natürlich hatte der Vermieter nach dem Tod ihrer Tante wiederum versucht, Adele als Spielgefährtin zu missbrauchen, damit sie allein in der Wohnung bleiben könne, aber sie ließ sich natürlich nicht darauf ein.

Als sie von der Beerdigung zurückkam, standen ihre wenigen Sachen auf der Straße und die Wohnungstür war verriegelt.

„Der nette Herr von vorhin hat mich aufgenommen, er war es auch, der die Kosten für die Beerdigung von Tante Rose übernommen hat.

Ich bin ihm sehr dankbar für alles, aber ich kann nicht für immer bei ihm bleiben, verstehst du, Adam?"

Ihre großen Augen musterten mein Gesicht.

Ich wusste nicht, was ich sagen sollte, es war einfach zu viel.

Plötzlich kam mir ein Gedanke. Er war nicht durchdacht, nur eine Idee, eine Möglichkeit vielleicht, aber bestimmt ein Ausweg aus Adeles erbärmlicher Situation.

Ich schaute meinen Vater erwartungsvoll an, ich musste es mit ihm besprechen, doch als ich den Mund aufmachte, bedeutete er mir, es nicht zu tun.

Er seufzte tief.

„Ich weiß, was du denkst, Adam. Ich habe euch zugehört und denke, es wäre eine gute Idee."
Verwirrt schaute Adele zwischen uns Männern hin und her.
Ich lächelte und war meinem Vater in diesem Moment dankbarer denn je.
„Wie ist dein Name, junge Frau?", fragte mein Vater.
„Adele, ich heiße Adele", antwortete sie zögerlich.
„Adele, sehr schöner Name. Was hältst du davon, mit auf unseren Hof zu kommen? Wir haben Platz und Arbeit genug und Adam würde sich sicherlich sehr freuen."
Mein Vater sagte das in einem Ton, der freundlich, aber zugleich auch sehr ernst klang.
Ich konnte es nicht glauben. Er hatte tatsächlich gewusst, was mir durch den Kopf gegangen war.
Und auch Adele war fassungslos.
„Sir, das ist unmöglich. Das kann ich nicht von Ihnen verlangen."
Adele stand auf und wandt sich zum Gehen.
Ich ergriff ihren Arm.
„Ich habe dir das nicht erzählt, um Mitleid zu bekommen oder mir ein Obdach zu erschleichen. Ich habe es dir erzählt, weil ich dich gern habe, Adam. Ich kann das nicht annehmen", meinte sie und nahm ihren Korb, um zu gehen.

Ängstlich schaute ich zu meinem Vater.
„Vater, bist du dir sicher? Meinst du es ernst?",
fragte ich ihn.
Seine Antwort liegt mir bis heute in den Ohren.
„Adam, du bist dir doch sicher, also bin ich es auch, mein Junge."

10

„Adele war schließlich doch mit uns gekommen. Ihre wenigen Kleider hatte sie zuvor abgeholt.
Bei uns auf dem Hof wurde sie mit offenen Armen empfangen, nachdem mein Vater vor uns hineingegangen war, um Mutter auf unseren Gast vorzubereiten. Sie kam sofort herausgelaufen und nahm Adele in den Arm. Und mich. So sehr, dass sie mich zu erdrücken drohte.
Meinen Brüdern, die mich zu Beginn mit ihr ein wenig aufgezogen hatten, verging schnell die Lust, als sie mitbekamen, wie gut es mir ging, seit Adele bei uns war.
Sie war meiner Mutter eine große Hilfe, sie hatte ein liebevolles Wesen und ihre Fröhlichkeit war ansteckend.
Tag für Tag verliebten wir uns mehr ineinander und ich ließ es einfach zu. Es tat gut, es lohnte

sich endlich, hart zu arbeiten, denn am Ende des Tages wurde ich damit belohnt, Adele in die Arme nehmen zu können.
Mein Leben war einfach perfekt.
Im darauffolgenden Frühjahr legte ich den kleinen Garten hinter dem Haus für sie an. Ich bat sie wochenlang, nicht zu schauen. Ich wollte sie so gerne überraschen, ihr eine kleine Oase schenken, die nur ihr und mir gehören sollte.
Als der Garten mit der kleinen Hütte im Spätsommer endlich fertig war, bat ich sie nach draußen. Ich band ihr ein Tuch über die Augen und führte sie vorsichtig durch das große Tor in den Garten.
Als ich ihr das Tuch abnahm, holte sie tief Luft.
Sie sprang zu mir herum in meine Arme.
„Adam, das ist für mich? Für uns?"
„Ja", antwortete ich, „für uns."

Sie schaute sich alles genau an, bis sie schließlich die Hütte entdeckte. Hand in Hand gingen wir darauf zu.
Als wir drinnen waren, schrie Adele kurz auf.
Ich hatte einen alten Schrank aufgearbeitet, ein Regal für Bücher gebaut und die alte Couch meiner Großmutter wieder zurechtgemacht.

Nun war es Adeles kleines, eigenes Reich, wenn sie sich zurückziehen wollte, oder auch mit mir allein sein wollte.
Sie war total überwältigt und Freudentränen standen ihr in den Augen.
„Komm, setz dich zu mir", bat sie mich und zog mich mit auf die Couch.
„Ich habe auch eine Überraschung für dich", sagte sie und lächelte. Sie nahm meine Hand und schaute mir anschließend lange in die Augen. Meine Erwartung wuchs von Sekunde zu Sekunde.
„Ich erwarte ein Kind, Adam, unser Kind."

In diesem Moment brach der Himmel über mir zusammen, mir wurde der Boden unter den Füßen weggezogen und gleichzeitig fühlte ich mich, als würde ich schweben. Unendlich viele Farben waren um mich herum, alles war so leicht und ich war so glücklich...ich...
war kurz bewusstlos geworden, erzählte mir Adele später und auch danach des Öfteren, um meine Familie damit zu unterhalten.
Mein Freudentaumel hatte mich anscheinend kurz die Fassung und das Bewusstsein verlieren lassen, bevor ich mein Glück endlich begreifen konnte.
Ich weiß es noch wie heute, ich war der glücklichste Mensch auf Gottes Erden, nichts,

aber auch gar nichts hätte mich je daran zweifeln lassen."

11

Inzwischen war es weit nach Mitternacht.
Adam war müde geworden.
„Lassen Sie uns schlafen gehen. Es wird Zeit", sagte er.
„Aber wie ging es dann weiter?", fragte Jule.
„Morgen ist auch noch ein Tag, meine Liebe", antwortete Adam lächelnd.
Jule nickte verlegen, da ihre Neugier einmal mehr die Kontrolle übernommen hatte.
„Natürlich. Bitte entschuldigen Sie, Adam."
„Ach Jule, Sie können doch nichts dafür. Es ist eben ihr Naturell, neugierig zu sein."
Adam stand langsam auf. Seine müden Knochen wollten manches Mal nicht mehr so, wie er es gerne hätte.
Im Vorbeigehen strich er Jule über den Arm.
„Ich finde es inzwischen ganz schön, dass Sie bei mir sind. Ich hatte mich so an das Alleinsein gewöhnt, dass ich ganz vergessen hatte, wie schön es auch sein kann, jemanden bei sich zu haben. Ich wünsche Ihnen eine gute Nacht."

Damit verabschiedete sich Adam.
Jule kuschelte sich in Michaels Arm und so blieben sie noch eine Weile sitzen.
Adams Erzählung war rührend und ergreifend zugleich gewesen und regte insbesondere Jule zum Nachdenken an.

Am nächsten Morgen schlief Adam erstaunlich lange.
Jule bereitete das Frühstück vor, nahm sich einen Kaffee und setzte sich vor die Tür. Wenig später kam Michael dazu.
Der Regen hatte noch immer nicht aufgehört.
Leise, aber unaufhörlich fielen Millionen von Regentropfen auf das wunderschöne Land und nährten damit die Natur.
„ Es ist so schön hier, ich würde gerne noch ein bisschen bleiben", sagte Jule vor sich hin.

„Ich habe nichts dagegen, Sie können bleiben, solange Sie wollen."
Adam war unbemerkt zu ihnen nach draußen gekommen.
Sein durch tiefe Falten gezeichnetes Gesicht war so freundlich und interessant zugleich.
Man musste ihn einfach mögen, auch wenn das zu Beginn ihres ungewöhnlichen Zusammentreffens nicht unbedingt den Anschein gehabt hatte.

Aus dem knurrigen Alten war ein liebenswürdiger Großvater geworden, der es sichtlich genoss, eine Weile nicht allein zu sein.
„Das viele Reden gestern hat mich sehr hungrig gemacht. Essen wir?", fragte er fast spitzbübisch.
Jule und Michael mussten lachen.
„Aber selbstverständlich, Mr. Churchan", antwortete Jule.
„Bitte, nennen Sie mich Adam. Jule und Michael, wenn ich mich recht erinnere?", fragte Adam.
Die beiden nickten.
„Da es so aussieht, als würdet ihr noch eine Weile bleiben, ist es doch angebracht, wenn wir uns duzen. Findet ihr nicht?"
Wieder nickte das Paar.
„Viele Dank, Adam. Es ist wirklich sehr freundlich, das du uns aufgenommen hast. Wir würden uns gerne dafür erkenntlich zeigen. Es gibt doch sicherlich einiges im Haus und auf dem Hof zu tun, nicht wahr?", sagte Michael.
„Das gibt es immer. Aber eins nach dem anderen. Jetzt wird erst einmal gegessen. Ich bin schon alt, ich brauche Energie", grinste Adam.

Es wurde ein wunderbarer Vormittag. Die drei hatten solchen Spaß miteinander und besonders Jule gewann Adam immer lieber. Er war tatsächlich wie ein Großvater, witzig, charmant und unglaublich warmherzig.

Als Jule später in der Küche stand, sah sie draußen den beiden ungleichen Männern vom Fenster aus zu.

Adam erklärte Michael offensichtlich etwas, denn Michael schien nachzufragen und nickte dann verständig.

Es hatte den Anschein, als würden sich die beiden schon ewig kennen…ein älterer Herr mit seinem Enkel.

Sie verschwanden irgendwann im alten Schuppen und Jule machte sich daran, im Haus ein wenig Ordnung zu machen. Sie schaltete dabei das Radio ein und bekam so über die Nachrichten mit, dass es in den nächsten Stunden eine erneute Gewitterfront geben sollte.

Sie seufzte, war aber andererseits doch ganz froh darüber. Sie würden noch bei Adam bleiben, ihn und seine Geschichte kennenlernen und das lag ihr im Moment sehr am Herzen.

Jule interessierte sich für ihn, sein Leben und die Gründe, warum er hier so allein war, denn eigentlich schien er nicht der Typ zu sein, den es freiwillig in die Einsamkeit zog.

Sie schaute gerade in den alten Kühlschrank, um etwas Brauchbares zum Essen zu finden, als Adam hereinkam.

„Da wirst du nicht viel finden. Der Junge kommt diese Woche nicht, um mir ein paar Lebensmittel vorbei zu bringen. Auch Emma nicht, die zwei Mal wöchentlich Ordnung im Haus macht", meinte er schulterzuckend.

„Da müssen wir wohl mit dem klarkommen, was noch da ist", antwortete Jule. „Oder gibt es eine Möglichkeit, in der Nähe etwas einzukaufen?"

Adam schüttelte den Kopf.

„Nicht wirklich. Es gibt einen kleinen Laden im nächsten Dorf. Es ist allerdings einige Meilen entfernt. Einen fahrbaren Untersatz habe ich nicht und zum Laufen ist es einfach zu weit, zumal auch das Wetter nicht mitspielt, wie so oft. Aber…", erinnerte er sich, „ Ich habe ein altes Moped im Schuppen, vielleicht könnte ich mit Michael danach schauen."

Adam hatte den Satz noch nicht beendet, als er schon wieder zur Tür hinaus war.

Jule sah ihm lächelnd nach. Sie hatte das Leuchten in seinen Augen sehen können, die Euphorie, sich einer Aufgabe zu stellen und dabei endlich wieder richtig Spaß zu haben.

Und das hatte er mit Michael.

Nachdem Jule das Haus auf Vordermann gebracht und das Essen in den Ofen gestellt hatte, ging sie hinüber in den Schuppen.
Michael lag halb unter dem alten Moped und Adam lehnte darüber.
Sie brabbelten, probierten und fluchten, aber als Michael aufstand und Adam bat, den Motor anzulassen, schnurrte die kleine Maschine plötzlich los.
Die Männer jubelten wie kleine Kinder. Es war eine Freude, ihnen zuzusehen.
Jule beobachtete die beiden eine ganze Weile, bis sie entdeckt wurde.
„Hör dir das an! Sie geht! Wir haben sie zum Laufen gebracht! Unglaublich!", rief Michael.
Er kam auf Jule zu und wirbelte sie ausgelassen durch die Luft.
Adam sah ihnen dabei wehmütig, aber glücklich zu.
„Dann lasst uns jetzt essen Männer, ihr habt es verdient!", meinte Jule und winkte die beiden mit sich.
Auf dem kurzen Stück zum Haus wurden sie so durchnässt, dass Adam kurzerhand den Kamin anzündete. Es wurde urgemütlich. Nach dem Essen holte er eine alte Flasche Whiskey hervor und begann, mit seiner Geschichte fortzufahren.

12

„Den gesamten Herbst und Winter über behütete ich Adele wie meinen Augapfel. Ich geriet sogar des Öfteren mit meiner Mutter aneinander, weil sie ihr nicht so viel im Haushalt zumuten sollte.
Wir hatten in den Wintermonaten in der Landwirtschaft nicht allzu viel zu tun. Wichtig waren für uns der Frühling, der Sommer und der Herbst. Die Hauptaufgabe meines Vaters, meiner Brüder und mir war es, die Maschinen zu richten und Reparaturen am Haus vorzunehmen. Dadurch hatte ich viel mehr Zeit, mich um Adele und unser Kind zu kümmern, das im Mai geboren werden sollte.
Ich hatte ihr ein paar Schlittschuhe besorgt, die noch immer im alten Schuppen stehen.
Wir verbrachten viel Zeit auf unserem kleinen zugefroren Teich hinter dem Haus, den es heute nicht mehr gibt.
Sie hatte den Dreh sofort heraus und dennoch hielt ich sie immer fest an mich gedrückt, dass sie nicht fallen konnte. Ich genoss wirklich jede Minute, jede Sekunde mit ihr und konnte den Tag der Geburt unseres Kindes kaum noch erwarten.
Adele sprach immer von unserem Sohn, wobei ich davon überzeugt war, eine Tochter zu bekommen.

Mit Adeles Augen, ihrem schönen Haar und ihrem wunderbaren Wesen.
Eines Tages, ich saß gerade mit Adele in unserer kuschelig warmen Laube, kam mein ältester Bruder durch den Schnee gestapft.
„Ich will das Liebespärchen ja nicht stören, aber heute kam Post für dich, Adele", sagte er und drückte ihr den Brief in die Hand.
Adele schaute mich ungläubig an. Von wem sollte der sein? Wer sollte wissen, wo sie war?
Als sie ihn öffnete und überflog, blieb sie eine Weile still und starrte auf die Zeilen.
Als ich sie fragte, ob alles in Ordnung sei, erklärte sie mir, dass der Brief von dem Anwalt ihres ehemaligen Vermieters sei. Er habe über den Nachbarn, bei dem Adele damals nach dem Tod ihrer Tante kurz gewohnt hatte, ihren Aufenthaltsort erfahren. Im April sollte es ein Treffen in Belfast geben, bei dem es um Erbschaftsangelegenheiten gehen sollte.
Adele konnte es sich zwar nicht erklären, da sie und ihre Tante so gut wie gar nichts hatten, aber sie wollte überlegen, nach Belfast zu fahren.
Ich hatte kein gutes Gefühl dabei, zumal ich ja wusste, was der Vermieter für ein Typ gewesen war. Und die Geburt unsere Kindes stand dann kurz bevor.

Aber da noch ein wenig Zeit blieb, vergaßen wir den Brief erst einmal.

Es wurde Frühling und die Arbeit auf dem Feld begann. Da mein ältester Bruder Dave inzwischen nicht mehr im Haus lebte, blieb die Arbeit nunmehr an uns verbliebenen Männern hängen.

Meine Mutter und Adele unterstützten uns, wo sie konnten, doch mittlerweile war Adele hochschwanger und musste sich oft ausruhen.

Sie wurde manchmal sogar wütend, wenn sie nicht so helfen konnte, wie sie wollte.

Sie verbrachte viel Zeit damit, für unser Kind Kleider, Häubchen und Strümpfe zu stricken. Es war so eine Freude, ihr zuzusehen. Ich schwelgte im Glück, dankte Gott jeden Tag dafür, Adele in meinem Leben zu haben...bis der Tag kam, an dem mein Vater beiläufig erwähnte, am darauffolgenden Tag nach Belfast zu müssen, um geschäftliche Kontakte zu pflegen.

Adele fiel der Brief von vor einiger Zeit wieder ein. Sie holte ihn hervor und verglich die Daten.

Es war tatsächlich der Tag, an dem sie zu diesem ominösen Termin eingeladen worden war.

Sie sprachen darüber, dass sie mit meinem Vater gemeinsam nach Belfast fahren, den Termin wahrnehmen und am späten Abend wieder mit ihm zurückfahren könnte.

Ich war dagegen, ich konnte nicht sagen, warum. Einerseits verstand ich nicht, warum Adele bei diesem Anwalt vorstellig werden sollte, andererseits hatte ich einfach ein schlechtes Gefühl.
Doch nach einiger Diskussion gab ich mich geschlagen und damit Adele nach.
Mein Vater fuhr am Morgen mit Adele los. Ich hielt sie lange im Arm, so als würde ich sie das letzte Mal sehen.
Und ich sollte Recht behalten."

Adam war aufgestanden und hatte sein leeres Glas auf den Küchentisch gestellt.
Jule und Michael sahen sich mehr oder weniger sprachlos an.
Was meinte er damit? Das letzte Mal gesehen?
Was war denn passiert?
Natürlich war es Jule, die mit ihren Fragen nicht hinter dem Berg halten konnte, als Adam sichtlich niedergeschlagen aus der Küche zurückkam.
„Ach Jule, wie soll ich beantworten, was passiert ist, wenn ich es selbst nicht weiß. Es ist überhaupt das erste Mal, dass ich so ausführlich darüber geredet habe. Ich muss zugeben, ich bin erschöpft."

Michael nickte verständig und war im Begriff aufzustehen, um Adam Ruhe zu gönne, doch dieser sprach unerwartet weiter…

„Als Adele und mein Vater am Abend zur abgesprochenen Zeit nicht zurück waren, wurden wir unruhig. Ihr müsst wissen, es war eine angespannte Situation, damals. In der Welt herrschte Krieg. Ich kann mich bis heute daran erinnern, wie aufgebracht ich war. Ich konnte nicht mehr klar denken, ich hatte nur noch Adele vor Augen und dieses Gefühl, dass etwas geschehen sein musste. Es wurde Nacht und meine Mutter und ich saßen in der Küche und starrten uns nur wortlos an. Plötzlich sprang ich auf, zog mich an und rannte in den Schuppen, um das Moped zu holen, welches wir heute repariert haben.
Das Wetter war nicht anders, als in den letzten Tagen. Regen, viel Regen und Sturm. Meine Mutter hielt mich zurück, doch ich riss mich los. Ich musste nach Belfast, egal wie. Adele entgegenfahren, sie und meinen Vater suchen, irgendetwas tun, um dieses flaue Gefühl im Magen loszuwerden. Ich kämpfte mich ungefähr eine Stunde durch den Regen, als ich ein Fahrzeug entgegenkommen sah. Ich betete, dass

es mein Vater war. Und meine Gebete wurden erhört. Doch als der Wagen hielt und ich meinen Vater erkannte, sah ich in ein mir völlig unbekanntes Gesicht. Das Regenwasser rann nur so an mir herunter, ich wischte es mir aus den Augen, doch das Bild meines Vaters änderte sich nicht. Er sah aus, als hätte er den Teufel gesehen, er war kreidebleich, seine Augen waren leer, es schien, als wäre er im Vergleich zum Morgen um viele Jahre gealtert.
Und er starrte mich an.
Ich schrie in den Regen hinein.
Wo ist Adele?
Doch er antwortete nicht. Vielleicht verstand er mich nicht. Ich stieg ab und lief um den Wagen herum. Ich fand sie nicht, ich konnte sie nirgends sehen!
Vielleicht hatte sie sich auf die Rückbank gelegt, dachte ich. Doch als ich die Beifahrertür öffnete und in den Wagen schaute, sah ich da nur meinen Vater. Mir wurde übel, das aschfahle Gesicht meines Vaters und das brennende Gefühl in meinem Magen, der plötzliche Schwindel...all das führte dazu, das ich mich übergeben musste und neben dem Wagen in den Morast sank.
Mein Vater stand irgendwann neben mir, ich konnte seine Tränen und seinen ohnmächtigen

Blick deutlich sehen, obwohl ich mir nicht sicher war, ob ich träumte, oder nicht.
Mit erstickter Stimme wagte ich, ihn zu fragen.
„Wo ist Adele, Vater? Was ist passiert?"
Vater schüttelte nur mit dem Kopf.
„Adam, ich weiß es nicht. Ich konnte sie nach dem Luftangriff nirgendwo finden. Es tut mir so Leid, aber ich denke..."
„Was?", schrie ich ihn wütend an.
„Was denkst du? Und von welchem Angriff sprichst du, verdammt noch mal?"
„Junge, es hat einen Luftangriff durch die Deutschen gegeben."

Es war der 15. April 1941.

13

„Der Belfaster Blitz."
Michael fiel es sofort ein. Als ihn Jule fragend anschaute, sprach er weiter.
„An diesem Tag wurde das riesige Industriegelände von Belfast durch die deutsche Luftwaffe bombardiert. Mehrere hundert Menschen starben, viele Tausende wurden obdachlos."
Es war einer der verwirrenden Angriffe auf Irland zum Zeitpunkt des Weltkrieges. Mache Experten behaupteten im Nachhinein, dass es sich um ein Versehen der deutschen Luftwaffe gehandelt haben musste, ein Versehen, das zahlreiche Opfer mit sich brachte.
Es war still geworden im Raum. Adam starrte zu Boden. Ihm war anzusehen, dass er noch immer mit dieser Situation zu kämpfen hatte und es wohl sein Leben lang tun würde.
Jule hatte es förmlich die Sprache verschlagen. So viele Fragen auch momentan in ihrem Kopf herumschwirrten, sie war nicht im Stande, etwas zu sagen.
Die Stille war kaum noch zu ertragen und als Jule Michaels Hand nahm, um ihn zu bitten, Adam allein zu lassen, sagte er:

„Ich habe sie nie wieder gesehen. Ich weiß nicht, was geschehen ist, ich weiß nicht, was aus ihr geworden ist, ob sie den Angriff überlebt hat, oder nicht."

Adams Augen waren glasig, noch immer starrte er zu Boden. Es tat richtig weh, ihn so zu sehen, sein Leid zu spüren, welches er so früh erlitten und nie überwunden hatte.

„Wisst ihr, es ist sehr lange her, dass ich darüber geredet habe und obwohl es noch immer schmerzt, tut es auch gut, euch davon zu erzählen. Ich habe mich jahrzehntelang hinter meinem Schmerz versteckt, meinem Leben keine Chance gegeben. Nun ist es zu spät, aber das sollte so sein."

Mit einem Schulterzucken stand Adam schwerfällig auf.

Die beiden saßen noch immer still auf der Couch und hatten Mühe, das Gehörte zu verarbeiten.

Als sie wenig später ebenfalls schlafen gingen, hielten sie sich noch lange fest in den Armen und beteten dafür, dass ihnen niemals ein solches Schicksal widerfahren würde.

Es hatte tatsächlich aufgehört zu regnen.
Jule stand am Fenster und blickte über den Hof. Von hier oben konnte man die kleine Gartenlaube,

die Adam für Adele vor vielen Jahren gebaut hatte, einigermaßen gut sehen.
Ihr gingen so viele Fragen durch den Kopf, sie konnte sich nicht mit der Tatsache abfinden, dass Adele einfach verschwunden war. Es musste doch eine Möglichkeit geben herauszufinden, was mit ihr geschehen war.
Als sie später grübelnd am Küchentisch saß, bemerkte sie erst gar nicht, wie sich die Männer zu ihr gesellten.
„Was geht dir durch deinen hübschen Kopf, meine Liebe?", fragte Adam schließlich.
Jule schreckte hoch und sah in die traurigen Augen des alten Mannes.
„Entschuldige, ich war in Gedanken. Deine Geschichte lässt mich einfach nicht los", antwortete sie.
Adam nickte.
Nach dem Frühstück bot Michael an, mit dem reparierten Moped ins Dorf zu fahren, um Lebensmittel einzukaufen. Er ließ sich von Adam noch einmal genau erklären, wohin er fahren musste. Das Geld, was er ihm geben wollte, nahm Michael jedoch nicht an.
„Wir stehen genug in deiner Schuld. Es ist das Mindeste, dass wir uns um die Besorgungen kümmern, wirklich."

Adam gab sich geschlagen und nahm Jule am Arm. „Ich möchte dir gerne etwas zeigen."
Während Michael losfuhr, ging Adam mit Jule in den ehemaligen Garten. Wie schon bei ihrem ersten heimlichen Besuch stellte sie fest, dass das Durcheinander der wild gewachsenen Büsche und Bäume durchaus etwas Magisches und Schönes an sich hatte. Die versteckte Laube unter dem großen Baum sah zwar schön ziemlich zerstört aus, aber nachdem Jule jetzt wusste, was sie Adam und Adele einst bedeutet hatte, fand sie sie noch romantischer.
Adam hatte den alten Schlüssel aus dem Haus mitgenommen und versuchte, die Tür der Laube zu öffnen. Er hatte so seine Schwierigkeiten und bat Jule, ihm zu helfen. Nach einiger Zeit hatten sie es geschafft und hatten Mühe, die Tür aufzuschieben. Sie hatte sich wohl über die Jahre so sehr verzogen, dass man sie nicht mehr ganz aufbekam. Adam zwängte sich durch den Türspalt und zog von innen an der Tür, damit Jule ebenfalls eintreten konnte.
Im ersten Moment sah sie nicht, wie es tatsächlich im Inneren aussah. Sie bemerkte nicht, dass alles über und über mit Spinnweben bedeckt und das Dach teilweise eingefallen war.
Für sie war es Adeles Rückzugsort, der liebevoll eingerichtete Raum mit der bequemen Couch,

unzähligen Bildern an der Wand, ein angefangenes Stickbild auf dem kleinen Tisch…
Jule wurde in Adams Geschichte gezogen, sie konnte regelrecht spüren, wie wohl er sich hier mit seiner Frau gefühlt hatte. Auf dem Stuhl hing eine Decke, die in Grün-und Rottönen gehalten war, ein aufgeschlagenes Buch ließ daran erinnern, dass gerade noch jemand darin gelesen hatte.
Ein Bild an der Wand über der Couch interessierte Jule ganz besonders. Es war eine Aufnahme von Adele und Adam vor dem Haus. Adam hatte schützend die Arme um Adele gelegt und beide lächelten glücklich in die Kamera.
Viele der anderen Bilder sahen aus wie selbst gezeichnet. Sie waren nicht gerahmt, sondern lediglich mit kleinen Nägeln an der Wand befestigt.
Als Jule sich verträumt auf die Couch setzten wollte, hielt Adam sie zurück.
Erst jetzt fiel ihr auf, wie es hier wirklich aussah. Auch die Bilder waren nicht so wunderschön, wie gerade eben noch in Jules Fantasie. Sie waren teilweise kaum mehr zu erkennen, vergilbt und wellig.
„Wer hat diese Zeichnungen gemacht?", fragte Jule.

„Adele", antwortete Adam. „ Sie hatte ein wunderbares Talent. Meist zeichnete sie meine Hände, die sie so liebte, wie sie immer sagte."
Adam schmunzelte ein wenig und zuckte mit den Schultern.
„ Eigentlich sahen sie von der Arbeit meist zerschunden und schmutzig aus, aber sie liebte sie."
Er öffnete ein kleines Schubfach am Tisch und zog noch einige Zeichnungen heraus. Unter den Zeichnungen war auch eine, die Adam kurz erstarren ließ. Langsam legte er sie auf den Tisch und entschuldigte sich bei Jule.
Als Adam hinausgegangen war, nahm sie die Zeichnung in die Hand. Sie zeigte ein Neugeborenes…umfasst von den Händen, die Adele so gerne gezeichnet hatte…Adams.

Jule fand Adam im Garten zusammengesunken auf einer halb eingefallenen Bank.
Vorsichtig legte sie die Hand auf seine Schulter.
Er schaute weinend auf.
„Dieses Bild hatte ich ganz vergessen. Es war ein Geschenk an mich. Sie hatte unser Kind gezeichnet, wie es in ihrer Vorstellung aussehen würde…in meinen Händen…"
Adam sah seine Hände an. Niemals hatten diese Hände sein Kind halten dürfen, nie hatten sie je

wieder Adele berühren können. Nichts hielt er seit damals je wieder in den Händen, was ihm wichtig war. Auch Jule konnte ihre Tränen nicht zurückhalten. Sie versuchte, Adam zu trösten, indem sie sich neben ihn setzte und den Arm um ihn legte.

Plötzlich kam ihr eine Idee.
John! Er wohnte doch in Belfast und er hatte sie gebeten, ihn unbedingt zu besuchen. Vielleicht gab es eine Möglichkeit, im Stadtarchiv etwas über die Opfer des Belfaster Blitzes herauszufinden.
Doch als sie Adam davon erzählen wollte, wehrte er sofort ab.
„Ich habe über mehrere Jahre versucht, etwas herauszufinden. Niemand konnte mir helfen. Die Opfer des Luftangriffes wurden damals nicht alle identifiziert, die Stadt war vollkommen überfordert. Ich weiß nur, dass das Haus, in dem Adele einst gewohnt hatte und in dem der Termin stattgefunden haben soll, nicht mehr existierte, als ich nach Belfast kam. Später wurde ich auf die Grabstelle verwiesen, die für die Gefallenen erbaut worden war. Das ist meine einzige Verbindung zu Adele und unserem Kind."
Adam erzählte auch davon, dass sein Vater in der besagten Nacht lange nach Adele gesucht hatte.

Er sei sogar in dem niedergebrannten Haus gewesen und all die verwirrten Menschen, die er traf und nach Adele fragte, schüttelten nur den Kopf.
Tote und Verletzte lagen einfach auf der Straße herum, überall Schreie…ein ohrenbetäubender Lärm…
Adams Vater hatte diesen Angriff zwar überlebt, war aber danach nie wieder derselbe gewesen…so wie Adam.

Doch so schnell konnte und wollte Jule nicht von ihrer Idee ablassen. Sie musste natürlich erst mit Michael darüber reden, aber er würde sicher nichts dagegen haben.
Es dauerte auch nicht lange, bis Michael zurückkam. Bepackt mit Lebensmitteln für mindestens eine Woche, schob er das Moped wieder in den Schuppen.
Stolz präsentierte er seinen Einkauf und plapperte munter darauf los.
„Das alte Moped hat gut durchgehalten. Zwischendurch dachte ich zwar, ich schaffe es nicht, aber dann lief der Motor wieder. Die Leute in dem kleinen Dorf sind wirklich freundlich und schaut mal, was ich alles bekommen habe!

Schatz, daraus kannst du uns ein Festmahl zaubern", lächelte er, bis er bemerkte, wie gedrückt die Stimmung war.

Jule nahm ihn zur Seite und ging dann mit ihm hinaus.

„Adam braucht im Moment ein bisschen Ruhe. Wir waren vorhin zusammen in der Gartenlaube seiner Frau", meinte sie ruhig.

„Oh", antwortete Michael nur und ließ sich von Jule erzählen, was passiert war. Sie liefen zusammen ein Stück hinaus auf das Feld in Richtung Wald. Michael hatte Jules Hand genommen und hatte sichtlich Probleme zu verarbeiten, was sie sagte.

„Das ist so schrecklich. Ich würde ihm so gerne helfen", sagte Michael leise und zog Jule dabei fest an sich, so, als hätte er Angst, sie auf ähnliche Weise zu verlieren.

„Ich glaube, wir können ihm helfen. Wir könnten es zumindest versuchen", sagte Jule.

Und obwohl der Vorschlag, zu John nach Belfast zu trampen und ihn um Hilfe zu bitten nicht gerade in Michaels Sinn war, war er einverstanden. Zumal die Aussicht bestand, im Stadtarchiv zu schmökern und dabei noch mehr über die Geschichte von Irland zu erfahren.

Das Abendessen wurde wirklich zu einem Festmahl. Es gab Rindersteaks und Backkartoffeln und Adam war anzusehen, dass es ihm sehr gut schmeckte. Es ging ihm etwas besser und er lächelte wieder.

„Adam", begann Jule erneut. „Ich habe dir vorhin von unserem Bekannten in Belfast erzählen wollen, der uns vielleicht behilflich sein könnte, etwas über den 15. April 1941 herauszufinden. Wir möchten das sehr gerne für dich tun und würden deshalb morgen nach Belfast aufbrechen."

Abwartend musterte sie Adams Gesicht.

Er sagte nichts. Er aß auf und erhob sich, um den Teller abzuwaschen. Jule wollte ihm helfen, aber er schob sie beiseite.

„Jule, ist dir vielleicht der Gedanke gekommen, dass ich nach all der Zeit gar nicht mehr wissen möchte, was passiert ist?

Was hat es auch noch für einen Sinn zu wissen, wie oder wo genau sie ums Leben kam, wo genau die beiden begraben liegen?

Es bringt mir die Zeit und meine Frau verdammt noch einmal nicht zurück!"

Adam war richtig wütend geworden und Michael zog Jule zurück, die Adam ungläubig ansah.

Er hatte Recht, von dieser Seite hatte sie es in ihrem Eifer noch gar nicht betrachtet.

Adam war ein alter Mann, es gab nichts was die Sache von damals hätte ändern können, nichts, um es wieder gutzumachen.

„Es tut mir Leid", sagte er schließlich. „Ich wollte nicht wütend werden, aber bitte, lasst es einfach gut sein."

14

Adam war früh auf den Beinen, doch wie er bemerkte, waren es seine Besucher auch. Die Sachen des Paares waren gepackt und standen bereits im Eingang.

Er hatte gehofft, sie noch ein Weilchen bei sich zu haben, aber nach den Gesprächen des gestrigen Tages war es wohl entschieden, dass sie weiterreisen wollten.

„Guten Morgen!", begrüßte ihn Michael freundlich und bot ihm einen Kaffee an.

„Ich denke, mit dem Vorrat, den ich gestern eingekauft habe, kommst du noch einige Tage hin."

Adam nickte und nahm die Tasse entgegen.

„Ja, sicher. Danke noch einmal. Ihr reist ab?", fragte er etwas kleinlaut.

„Ja. Wir ziehen weiter. Wir haben ja noch viel vor. Dieses Land ist groß und wir möchten es gerne kennenlernen."

Michael bemerkte, dass es Adam nicht recht war, dass sie schon gehen wollten.

„ Es war eine wunderbare Zeit bei dir und wir sind dir so dankbar, dass du uns aufgenommen hast und dass wir dich ein wenig besser kennenlernen durften", meinte Jule, die inzwischen in die Küche gekommen war.

„Aber weißt du was? Michael hat gestern in dem Dorf einen jungen Mann getroffen, der Autos verleiht. Das bringt uns etwas zügiger voran und wir laufen nicht wieder Gefahr, in ein solches Unwetter zu kommen."

„Und in einer alten Ruine Unterschlupf zu suchen und dort einen alten, grausamen Mann zu treffen", beendete Adam Jules Ausführungen. Die drei mussten lachen.

„Der junge Mann heißt Ray, richtig?", fragte Adam nach.

„ Ja", antwortete Michael verdutzt. „ Kennst du ihn?"

„Er ist der Enkel meines ältesten Bruders. Er und seine Freundin Emma kümmern sich um mich", gab Adam lächelnd zurück.

„Was mir dabei einfällt…wenn ihr bei Ray ein Auto mietet…", sagte Adam, „müssen wir es auch

irgendwann zurückbringen", beendete Jule diesmal lächelnd seinen Satz.
„Wir sehen uns also bald wieder", meinte Michael und reichte Adam die Hand.
„Das hoffe ich!", meinte er leise.

Nachdem sie sich voneinander verabschiedet hatten, stand Adam noch lange in der Tür und sah ihnen nach. Er hoffte wirklich sehr, sie wieder zu sehen. In den wenigen Tagen hatte er die beiden richtig lieb gewonnen. Und er hoffte, dass auch ihre Liebe anhalten würde. Doch irgendetwas ließ ihn zweifeln.

Es waren gerade zwei Stunden vergangen, seit sich Jule und Michael von Adam verabschiedet hatten. Sie hatten das Auto, einen alten Mini für wenig Geld von Ray gemietet und waren bereits auf dem Weg nach Belfast.
Da Michael fuhr, rief Jule bei John an. Nach mehrmaligem Klingeln meldete sich eine Frauenstimme. Jule fragte nach John, der aber offensichtlich nicht zu Hause war. Sie stellte sich kurz vor und bat um einen Rückruf. Die Frau reagierte zurückhaltend, versprach aber, es John auszurichten.

Das kleine B & B Hotel, welches sie sich ausgesucht hatten, war eigentlich allein durch sein typisch irisches Ambiente sehr bekannt. Es war nicht ganz einfach gewesen, ein Zimmer zu bekommen.
Von außen sah es aus wie ein gewöhnliches Wohnhaus am Stadtrand, ein rotes, viktorianisches Backsteingebäude inmitten anderer Häuser.
Doch die Inneneinrichtung war einfach überwältigend. Der Empfangsraum allein war eine Augenweide. Wunderschöne, alte Möbel, dekorierte Wände und Decken und Holzfußböden durch große Fensterfronten lichtdurchflutet, hinterließen sofort das Gefühl des Wohlbefindens und der Entspannung in angenehmer Atmosphäre.
Nachdem sie eingecheckt hatten, betraten sie ihre Unterkunft für die nächsten Tage. Es war ein kleines, aber romantisch eingerichtetes Zimmer, mit einem traumhaften alten Doppelbett.
Michael warf sich sofort darauf und atmete tief durch. Ursprünglich war geplant, in die Stadt zu gehen, sich am Abend ein Restaurant zu suchen und dann den Aufenthalt für die kommenden Tage in Belfast zu besprechen. Aber Michael schien anders im Sinn zu haben.
Als Jule aus dem kleinen Badezimmer kam und ihren Freund gerade auffordern wollte, sich für

den Ausflug fertig zu machen, zog er sie kurzerhand aufs Bett.

„Hey, was machst du? Wollten wir nicht los? Es ist gerade kurz nach Mittag", flüsterte sie, als Micheal bereits begann, ihr zärtlich am Ohr zu knabbern.

„Ich möchte dich erst einmal ganz für mich haben. Die Zeit bei Adam war zwar schön, aber wir waren nicht allein. Nicht allein genug..."

Michael beendete seinen Satz nicht, es war auch nicht nötig. Jule gab sich bereits wohlig seinen Berührungen hin, begann langsam, sein Shirt nach oben zu schieben, um seine Haut zu spüren.

Auch sie hatte es vermisst, mit ihm allein zu sein. Vorsichtig übernahm sie die Führung in ihrem gemeinsamen Spiel. Ihre Lippen fanden seine und signalisierten ihm damit, alles zu verlangen, wonach sie sich sehnte. Doch so sehr sie auch bemüht war, ihn langsam zu erobern, es gelang ihr nicht. Michael konnte und wollte sich nicht länger zurückhalten. Mit einer kurzen Bewegung warf er Jule auf den Rücken und als er über ihr war und in ihr lächelndes Gesicht sah, wusste er, dass sie ihn verstand. Sein fordernder Kuss ließ ihr keine Wahl, die Leidenschaft hatte Besitz von ihr ergriffen und ihr Körper reagierte unkontrollierbar auf seinen. Seine Lippen fuhren eindringlich an ihrem geschmeidigen Körper entlang, umkreisten

ihren Busen, ohne auch nur einen Millimeter auszulassen, über ihren Bauch…
„Du bist so wunderschön…", hauchte Michael, als er schließlich ihre Mitte fand, die sie ihm voller Sehnsucht entgegenstreckte.
Jule versank im Hier und Jetzt, befand sich in einem Wirbel sich aufbauender Erregung und wurde so unglaublich schnell von einem überwältigenden Höhepunkt überrascht, dass sie an den Rand der Bewusstlosigkeit gewirbelt wurde.
Michael nahm ihre körperliche Reaktion, ihren Rhythmus auf, kaum in der Lage, seinen eigene Erregung im Zaum zu halten, als sie ihn bereitwillig aufnahm…
Als sie wenig später völlig außer Atem nebeneinander lagen, sich in die Augen sahen und lächelten, bedurfte es keiner Worte, um zu beschreiben, wie sehr sie sich liebten.
In diesem Moment schwelgten beide im zufriedenen Liebestaumel, berauscht durch die eben erfahrene körperliche Liebe, nicht ahnend, dass dieser Zustand womöglich nicht für immer anhalten könnte…

Am späten Nachmittag schlenderten sie ohne festes Ziel in Richtung Donegall Square.
Fasziniert blieb Michael vor der herrschaftlich anmutenden City Hall stehen. Das gut 100-jährige Rathaus beeindruckte allein durch seinen außergewöhnlichen Baustil der Renaissancezeit.
Wenige Gehminuten von der City Hall entfernt befand sich die Linenhall Library.
Michael steuerte direkt auf den Eingang zu, wurde aber von Jule zurückgehalten.

„Es ist schon sehr spät. Möchtest du dir nicht lieber Zeit nehmen, um alles anzuschauen?", lächelte sie augenzwinkernd. Sie wusste sehr wohl, wie eifrig Michael darauf bedacht war, alles an Geschichte in diesem Land und speziell dieser Stadt in sich aufzusaugen.
Wie ein übereifriges Kind blickte er Jule erstaunt an, als ob ihm erst jetzt auffiel, dass es tatsächlich für einen Besuch in der berühmten Bibliothek zu spät war.
Er nickte schließlich.
Sie setzten sich auf eine Bank vor das Gebäude und ließen ihre Gedanken schweifen, als plötzlich das Handy klingelte.
Es war Johns Nummer, die im Display aufleuchtete.

„Hallo Freunde!", tönte John überschwänglich. Michael verdrehte beim Klang seiner Stimme die Augen. So ganz war er wohl noch immer nicht darüber hinweg, dass er sich in ihm „ getäuscht" hatte.

Jule boxte Michael gespielt ärgerlich in die Seite und Michael krümmte sich schmunzelnd.

Mit einem zustimmenden Nicken von Michael verabredeten sich die drei für den Abend in einer Bar.

Nach einem guten Abendessen im Morning Star in Pottinger`s Entry ging es in den ältesten Pub von Belfast, den White Tavern. Dort wollten sie sich mit John treffen.

Von außen war der Pub eher unscheinbar, wie viele Bars und Restaurants der Stadt.

Ohne die Fahnen an der Hauswand und die kleinen Hinweisschilder, wären Jule und Michael vermutlich am White Tavern vorbeigelaufen.

Doch die Innenräume überzeugten sofort davon, in einem typisch irischen Pub angekommen zu sein.

Der Gastraum war sehr groß, die Einrichtung urig und einladend. Die groben Holzbalken an der Decke, die gemauerte und grob verputzte Theke und die gemütlichen Sitznischen begeisterten die beiden. Das absolute Highlight jedoch war der große Kamin inmitten des Raumes. Durch das

gemütliche Ambiente fühlte man sich zurück versetzt in eine längst vergangene Zeit, konnte sorglos die Seele ein wenig baumeln lassen und natürlich den herrlichen Irish-Whiskey kosten, dessen Geschmack wohl nur hier richtig zur Geltung kam.
Die Tische waren fast alle besetzt, doch in einer Nische am Ende des Gastraumes endeckten sie John.
Er war vertieft in ein Gespräch, als Jule und Michael an den Tisch kamen.
John unterhielt sich mit einer jungen Frau, die ihm gegenüber saß.
Ihr hübsches Gesicht war umrahmt von einer blonden, leicht gewellten Haarmähne, die ihr fast bis zur Hüfte reichte.
Sie hörte John aufmerksam zu.
Doch was Jule außer ihrer schönen Erscheinung noch auffiel, waren ihre traurigen, dunklen Augen.
Als John Michael bemerkte, beendete er sofort das Gespräch und sprang auf.
Das eben noch traurige Gesicht der jungen Frau wich sofort einem überaus freundlichen.
„Das ist meine Frau, Nelly", sagte John stolz.

Als Nelly aufstand, um Jule zu begrüßen, entging ihr der Blick ihres Freundes nicht.

Nelly war wirklich eine wunderschöne Frau und selbst Jule geriet langsam in Zweifel, was einen Mann wie John dazu bringen konnte, sie so zu hintergehen.
Michael schien es ähnlich zu gehen. Als Nelly ihn zur Begrüßung umarmte, hielt er sie für Jules Begriffe ein wenig zu lange fest, doch die beiden schienen sich dessen gar nicht bewusst zu sein.
„Wo ist denn euer kleiner Sohn, Sean, nicht wahr?" fragte Jule, um die Situation wieder ein wenig aufzulockern.
Nelly lachte, als sie sich wieder hinsetzte und Jule bat, sich neben sie zu setzen.
„Sean ist zehn Jahre alt. Er ist also fast erwachsen, wie er selbst immer gerne betont. Dafür darf er heute Abend auch mit einem Freund zusammen einen Spieleabend veranstalten, während wir weg sind. Mal schauen, ob es klappt", meinte Nelly und zog die Augenbraue hoch.
„Komm schon, bis jetzt hat das Handy nicht geklingelt. Er macht das schon", sagte John und lächelte Nelly an.
Eher zurückhaltend nickte sie.
Der Abend wurde trotz der anfänglichen Anspannung noch recht angenehm.
Sie unterhielten sich über meist belanglose Dinge. John fragte Michael natürlich wieder über Deutschland aus und als Michael begann, sein

Wissen über Irland kundzutun und der Lehrer in ihm durchkam, nutze Jule die Möglichkeit, mit Nelly allein zu reden.

„Michael liebt Irland und seine Geschichte. Als wir heute vor der Linenhall Library stand, ging er fast wie in Trance Richtung Eingang, ungeachtet dessen, dass es später Nachmittag war und bereits geschlossen war." Jule zuckte mit den Schulter.

„So ist er. Wenn es um Geschichte geht, lebt er in einer eigenen Welt."

Nelly lächelte höflich.

„Ich kenne solche Leute. Es ist faszinierend, sie zu beobachten. In der Bibliothek werdet ihr viele solcher Menschen sehen. Sie ist die größte Irlands und hat ein umfassendes Werk der irischen Geschichte zu bieten. Es sind tatsächlich sämtliche Ereignisse dokumentiert, teilweise bis ins kleinste Detail und nicht nur das, ihr findet dort auch den Großteil aller Schriftstücke der Geschichte in Originalform. Ganz abgesehen von der Auswahl an Literatur aus der ganzen Welt."

Jule musterte Nelly kurz und grinste.

„Du hörst dich fast an wie Michael, wenn er ins Schwärmen gerät", stellte Jule fest.

„Das ist möglich. Ich liebe diesen Ort und ich bin sehr froh, dort arbeiten zu dürfen."

„Du arbeitest in der Linenhall?", fragte Jule begeistert.

„Ja, ich leite das Archiv. Manche finden es langweilig und staubig. Wobei das heutzutage gar nicht mehr so schlimm ist. Ich finde es traumhaft", lächelte Nelly und schaute dabei etwas abschätzig zu John hinüber.
Irgendetwas schien bei den beiden nicht in Ordnung zu sein.
John hatte doch gesagt, Nelly wüsste nichts von seinem Doppelleben. Das konnte es also nicht sein. Oder hatte sie inzwischen etwas mitbekommen?
Michael war mittlerweile auf ihr Gespräch aufmerksam geworden und bombardierte Nelly regelrecht mit Fragen.
Die beiden verstanden sich gut, das war nicht zu übersehen.
Als Johns Handy klingelte, entschuldigte er sich kurz und auch Jule stand auf, um auf die Toilette zu gehen. Nelly und Michael schienen davon kaum Notiz zu nehmen.
Auch als Jule zurückkam, waren Nelly und Michael noch ins Gespräch vertieft. Erst als sich auch John wieder setzte, reagierte Michael.
„Morgen findet in der Library eine Lesung statt und am Tag darauf gibt es eine Ausstellung über Nordirland. Wollen wir gemeinsam hingehen?", fragte Michael an John gewandt.

John überlegte kurz und blickte hinüber zu Jule, die aber offensichtlich in Gedanken war.
„Wenn es zeitlich passt und wir Nellys Mutter fragen können, ob sie solange bei Sean bleibt, gerne. Noch einen Abend allein zu Hause würde ihn eventuell doch übermütig machen", grinste John und sah noch einmal zu Jule hinüber.
„Jule? Hättest du etwas dagegen?", fragte John nach.
Verdutzt schaute sie ihn an.
„Wie bitte?"
Offenbar hatte sie gar nicht mitbekommen, worum es ging. Nachdem Michael sie noch einmal aufgeklärt hatte, stimmte sie zu. Sie wollten die Bibliothek sowieso besuchen, aber in Verbindung mit der Lesung oder der Ausstellung war es bestimmt noch interessanter.
Ein Gedanke ließ Jule allerdings nicht los. Wenn Nelly doch Leiterin der Archivs war, kam sie vielleicht auch an ein paar detaillierte Informationen heran.
Adams Worte zu diesem Thema waren doch sinngemäß: `Vielleicht will ich nach so langer Zeit gar nicht mehr wissen, was damals geschehen ist und wo die beiden begraben liegen. Lasst es gut sein.`
Vielleicht...

15

Der Weg zurück zum Hotel war nicht sehr weit. Spät abends durch die Innenstadt Belfasts zu laufen, war einfach unglaublich schön.
Aus einiger Entfernung waren Möwen zu hören, die sich vermutlich am Hafen zur Nachtruhe eingefunden hatten.
In der Stadt war die Nacht noch lange nicht zu Ende. In jedem Pub und in jeder Bar, an der sie vorbeikamen, waren noch viele Leute, die ausgelassen feierten. Jule musste zugeben, dass ihr die Stadt in der Nacht deutlich besser gefiel als am Tag. Auch wenn es wirklich unglaublich imposante Bauwerke und Plätze gab, die man gesehen haben sollte, war ihr auch aufgefallen, dass viele Häuser und Wohnungen leer standen, kleine Geschäfte geschlossen oder bereits mutwillig beschädigt und beschmiert worden waren.
Momentan erinnerte nichts daran. Musik hallte aus den Gassen wider, Gelächter und laute Stimmen kamen überall her. Im Gegensatz dazu waren Jule und Michael ganz still. Seit sie sich von den anderen beiden im White Tavern verabschiedet hatten, schwiegen sie.

Jule hatte noch einmal zurückgeschaut, als sie gingen. John wollte Nelly in die Jacke helfen, doch sie hatte ihn eisig angesehen und ihm die Jacke aus der Hand genommen. Johns und Jules Blicke hatten sich getroffen. Verlegen zog er den Mundwinkel nach oben und ließ den Blick sinken.
Es war etwas nicht in Ordnung, dachte Jule. Doch das war nicht ihr Problem. Oder doch…?

Jule hatte gar nicht bemerkt, dass sie in Richtung Hafen gelaufen waren. Erst als Michael ihre Hand nahm und sich mit ihr auf einen Mauervorsprung setzte, nahm sie den wunderbaren Duft des Meeres auf.
Nicht weit entfernt leuchtete eine kleine Laterne auf der Hafenmauer und tauchte die Bank in ein unwirkliches, romantisches Licht.
Michael umarmte Jule, doch etwas war anders.
Er wirkte nachdenklich, strich ihr wieder und wieder über den Arm und küsste ihre Stirn.
Als sie zu ihm aufschaute, konnte sie zum ersten Mal seit langem nicht erkennen, was in seinem Kopf vorging. Seine Augen schienen durch sie hindurch zu sehen, erst als sie ihn sanft über die Wange strich, schaute er sie wirklich an. Ein Lächeln huschte über sein Gesicht und mit einem zögerlichen Kuss versuchte er sie glauben zu machen, dass alles gut sei.

Ein leichter Wind kam auf und Jule löste sich fröstelnd von ihrem Freund, um die Jacke etwas enger um sich zu schlingen.
Michael zog Jules Tuch aus seiner Jackentasche, das er zuvor eingesteckt hatte. Als er es ihr geben wollte, fiel ein kleiner Zettel zu Boden. Er hatte es nicht bemerkt, aber als Jule sich danach bückte und Michael den Zettel geben wollte, sah er sie erschrocken an.
„Der ist dir gerade heruntergefallen", meinte sie und gab den Zettel zurück. Ohne ein weiteres Wort darüber zu verlieren, steckte er ihn ein.
Ein Pärchen lief Hand in Hand an ihnen vorbei. Immer wieder trafen sich die vielsagenden Blicke der beiden. Verliebt und fasziniert vom jeweils anderen.
„Sie sollten sich ein Zimmer nehmen", flüsterte Michael grinsend. Noch bevor Jule antworten konnte, nahm er sie auf seinen Schoß.
„Vielleicht sollten wir das auch tun", hauchte er in ihr Ohr und begann, ganz vorsichtig daran zu knabbern.
„Hm", meinte Jule nur ganz leise.
„Lass uns gehen, bevor uns hier noch jemand sieht."
Sie nahm sein Gesicht in ihre Hände. Dieses Gesicht, das ihr so vertraut war, jede einzelne Unebenheit, die markanten Wangenknochen, die

dichten Brauen, die dunklen Augen…all das gehörte zu dem Mann, den sie so sehr liebte.

Der zarte, aber innige Kuss von Jule signalisierte ihm, dass sie ins Hotel zurückgehen sollten. Jetzt.

Die Hast, mit der die beiden durch die engen Gassen gelaufen waren, die vielen Leute hinter sich gelassen und die Musik der Nacht fast überhört hatten, ließ auch nicht nach, als sich die Zimmertür endlich hinter ihnen schloss.

Ihre Jacke hatte Jule bereits im Treppenhaus ausgezogen, ihre Schuhe folgten im Zimmer und Michael stolperte fast darüber, als er sie gegen die Wand drückte.

Sie genoss seine ruhelosen Lippen auf ihren, seine Hände, die überall gleichzeitig zu sein schienen und seinen brennenden Körper, der sich an ihrem rieb. Irgendwie schaffte sie es, seine Jacke und sein Hemd herunterzureißen, seine Haut mit ihren suchenden Händen zu spüren und kurz innezuhalten, um den Moment in sich aufzusaugen. Sein Duft, sein rasendes Herz und sein fordernder Körper ließen sie hineintauchen in die wundervolle Welle des Verlangens.

Lange hatte sie ihn so nicht mehr erlebt, so entschlossen, sie nicht entkommen zu lassen.

Sie versuchte nicht mehr, ihren Körper unter Kontrolle zu bekommen. Auch er schaffte es nicht, sich zu zügeln.
Sie kommunizierten auf eine andere Weise, ihre Leidenschaft hatte sie gefangen genommen. Es war unmöglich, wieder zu entkommen, und auch von beiden nicht gewollt…
Er hob sie hoch, hielt sie dabei mit seinen Lippen gefangen und entlockte ihr einen sinnlichen Aufschrei, als er unerwartet hart in sie eindrang.
Ihre Beine fest um seinen feuchten Körper geschlungen, folgte sie seinem wunderbaren Rhythmus, bis er förmlich explodierte und sie ihm wenig später folgte.

Keuchend lagen sie inmitten ihrer Kleidung auf dem Boden. Jule tastete nach Michaels Hand. Er hatte die Augen geschlossen und seine Atmung beruhigte sich nur langsam…
Jule fröstelte und schlug die Augen auf.
Sie bemerkte, dass sie noch immer mit Michael am Boden lag und sie beide eingeschlafen waren. Sie hoffte, ihren Freund wachküssen zu können, doch er schlief mit einem Lächeln im Gesicht einfach weiter. Jule nahm seine Jacke und deckte ihn zu.
Als sie zum Bett lief, um ihm noch eine Decke zu holen, dachte sie wieder an den Zettel, den

Michael am Hafen einfach wortlos wieder eingesteckt hatte.

Erneut wurde sie von ihrer ach so typischen Neugier erfasst, die ihr in diesem Moment aber eher unangenehm war. Warum kam ihr diese Situation jetzt in den Sinn?

Vertraute sie Michael nicht mehr?

Sie versuchte sich selbst Mut zu machen, dass es sich sicher um nichts Wichtiges handelte, konnte es aber dennoch nicht lassen nachzuschauen.

Sie beugte sich über ihn und tastete vorsichtig in seiner Jackentasche nach diesem Stück Papier.

Manchmal hasste sie sich regelrecht dafür, immer alles genau wissen zu wollen, oder wie sie es im Scherz oft sagte, ihrer Intuition zu folgen.

Es war ihr schon bewusst, dass sie das eine oder andere Mal übertrieb. Doch diesmal war es vielleicht die richtige Entscheidung. Als sie den kleinen Zettel auseinander faltete, erkannte sie sofort das Logo des White Tavern.

Ah, die Rechnung, dachte sie. Michael hatte sie übernommen. Als sie die Rechnung weglegen wollte, sah sie, dass noch etwas auf die Rückseite geschrieben worden war.

Eine Telefonnummer.

Nellys.

Hinter ihrem Namen war ein kleiner Smiley gezeichnet.

Jule steckte die Rechnung zurück in Michaels Jackentasche. In diesem Moment war ihr Kopf völlig leer.

Doch dann kam ihr ein wirrer Gedanke. Sie sah Nelly und Michael wieder in dem Pub sitzen, vertraut, obwohl sie sich nicht kannten, fasziniert voneinander…

Sie bekam nicht mit, dass Michael wenig später aufwachte und sich neben sie ins Bett legte. Erst als seine Hand über ihren Kopf strich und er ein leises Gute Nacht murmelte, wurde sie sich seiner Anwesenheit bewusst.

Du machst dir einfach schon wieder zu viele Gedanken, schalt sie sich selbst. Nelly hatte ihm die Nummer sicher nur deshalb aufgeschrieben, weil er mit ihr den Termin in der Linienhall verabreden wollte. Mehr nicht. Sicher nicht.

Etwas beruhigter und erschöpft schlief sie schließlich auch ein.

16

Das Klingeln des Handys weckte Jule am Morgen auf. Verschlafen schaute sie sich im Zimmer um. Noch immer lagen die Kleidungsstücke vom Abend zuvor auf dem Boden.
Sanftes Licht schien zum Fenster herein und ließ das Zimmer dadurch noch gemütlicher wirken.
Schlaftrunken lief sie in den kleinen Flur, folgte dem Klingeln des Handys und fand es schließlich auf der Ablage des Kleiderständers.
Die Telefonnummer sagte Jule nichts und so meldete sich sich mit ihrem Nachnamen.
„Oh, Entschuldigung. Ich hätte gerne Michael gesprochen", erklang eine weibliche Stimme, die Jule wiederum bekannt vorkam.
„Nelly?", fragte Jule nach.
„Ja, ich bin es", kam die zögerliche Antwort.
„Hallo Nelly. Es tut mir Leid, Michael ist gerade im Badezimmer. Kann ich etwas ausrichten?"
„Es geht um eine Führung in der Linenhall. Michael hat mich darum gebeten. Aber ich kann später noch einmal anrufen", antwortete Nelly.
„In Ordnung, bis dann", sagte Jule und legte auf.
Eine Weile lang betrachtete sie das Handy. Es war noch ziemlich früh am Morgen und wenn sie sich recht erinnerte, wollten sie doch am Abend

gemeinsam mit John zu einer Veranstaltung in der Linenhall gehen. Warum rief sie dann schon so früh wegen einer Führung an? Als Jule auf die Anrufliste sah, bemerkte sie, dass bereits vor mehr als einer Stunde ein Anruf an Nellys Nummer herausgegangen war. Michael musste sie also angerufen haben.
Jule war plötzlich hellwach. Sie ging zurück und griff intuitiv in Michaels Jackentasche.
Der Zettel war nicht mehr da. Auch in der anderen Tasche nicht.
Michael kam wenig später aus dem Badezimmer. Er hatte ausgesprochen gute Laune und wirbelte Jule herum, als sie gerade das Bett machen wollte.
„Einen lieben Gruß von Nelly, sie meldet sich noch einmal", sagte Jule trocken. Michael ließ von ihr ab und sah sie verblüfft an.
„Wie?", fragte er nur.
„Sie hat vorhin zurückgerufen."
„Ah, okay.", war Michaels Antwort, mehr nicht.
Er zog sich an, als sie ins Badezimmer ging.
Auf dem Waschbecken lag der Zettel. Die Telefonnummer stimmte.

Das heiße Wasser lief über ihren Körper. Es tat gut, doch es vermochte nicht, ihre Gedanken zu ordnen. Jule war durcheinander, etwas hatte sich verändert, doch sie konnte es nicht deuten. Sie versuchte, sich zu entspannen, einfach an nichts zu denken, die leichte Massage des Wasserstrahls einfach zu genießen…doch es schien nicht wirklich zu funktionieren.

Michael und sie waren jetzt schon so viele Jahre ein Paar und bisher hatte es nie irgendwelche Geheimnisse gegeben, außer vielleicht dann, wenn es um Geburtstagsgeschenke ging. Sie musste lächeln. Michael zog sie jedes Mal damit auf, weil sie vor Neugier schier platzte und es nicht erwarten konnte, ihr Geschenk zu bekommen. Es war regelrecht Folter für sie und Micheal amüsierte sich dabei köstlich.

Michael stand gedankenverloren am Fenster, als Jule zurück ins Zimmer kam.

„Ich habe einen Bärenhunger. Gehen wir frühstücken?", fragte sie, um die seltsame Situation etwas aufzulockern.

Langsam drehte er sich zu ihr um.

„Ja, tun wir das", meinte Michael trocken und ging an Jule vorbei.

Sie verkniff sich zu fragen, ob alles in Ordnung sei und folgte ihm.

Nach dem Frühstück ging es Michael offensichtlich etwas besser. Gestärkt und voller

Tatendrang nahm er Jule am Arm und zog sie mit sich in Richtung Stadt.

„Was möchtest du zuerst sehen?", fragte er erwartungsvoll und das Leuchten erschien wieder in seinen Augen.

Er war in seinem Element und nicht mehr aufzuhalten. Jule lächelte beruhigt und übergab ihm die Führung.

Von ihrem Hotel aus war es nicht sehr weit bis zum Albert Memorial.

Der 34 Meter hohe Turm war um 1870 zu Ehren des Prinzgemahls der Queen, Albert von Sachsen-Coburg-Gotha erbaut worden.

Er gleicht dem berühmten Uhrenturm Big Ben in London und wird unter den Einheimischen als der „Belfaster schiefe Turm von Pisa gehandelt.

Aufgrund seiner Bauweise neigt sich der Turm bereits nach einer Seite und ist allein deshalb ein Anlaufpunkt für viele Touristen.

Staunend stand das Paar davor und betrachtete das Bauwerk. Ähnlich ging es ihnen, als sie wenig später an der Mündung des Lagan River am Ende der Belfast Lough waren.

„Wusstest du, dass hier in Belfast seit jeher circa ein Drittel der nordirischen Bevölkerung lebt? Die Stadt gilt als eine der wichtigsten Industrie-und Handelsstädte der Insel. Es ist bemerkenswert.

Und schau, dort drüben befindet sich die berühmte Werft", schwärmte Michael.

Jule schaute in die Richtung, in die er zeigte und erkannte ein riesiges Gebäude. Sie wusste, worauf er hinaus wollte.

„Dort wurde also die Titanic gebaut?", fragte sie.

„Genau. Und anlässlich des Jubiläums im Jahr 2011 wurde ein Jahr später das „ Titanic Belfast Museum" eröffnet", erklärte Michael weiter.

Auf dem Weg zur Werft kamen die beiden an einem kleinen Cafe´ vorbei und entschlossen sich, dort das herrliche Wetter bei einem leckeren Cappuccino zu genießen.

Der Wind brachte die salzige Seeluft zu ihnen, die Möwen begannen immer wieder aufs Neue mit ihrem typischen Geschrei und das Aufheulen der Schiffssirenen machte den Nachmittag am Hafen einfach perfekt. In einiger Entfernung konnte man den Cave Hill sehen, auf dem das stattliche Belfast Castle thronte. Ein wunderbarer Anblick, der einen in der Zeit zurückschweifen ließ.

Jule schloss die Augen und nahm nur noch die Geräusche und Gerüche um sich herum auf. Ihre Gedanken wanderten zurück zum Beginn ihrer Reise. Der Beginn eines großen Abenteuers, die

Erfüllung eines Traumes, bevor sie mit Michael ein Leben beginnen wollte, das eine noch größere Herausforderung darstellen könnte.
Unweigerlich dachte sie zurück an das Unwetter, als sie in der Burgruine Unterschlupf gesucht hatten.
Sie lächelte, als sie Adam wieder vor sich sah, der ihnen zu diesem Zeitpunkt noch sehr suspekt, wenn nicht sogar gefährlich vorkam.
Unglaublich, dass aus dieser ungewöhnlichen Begegnung eine so intensive Beziehung entstanden war, dass sie Jule nicht mehr missen wollte.
Sie mochte Adam sehr gerne und wenn sie ehrlich war, würde sie ihn auch gerne so schnell als möglich wiedersehen. Es bereitete ihr Sorgen, dass er so alleine war und seine Geschichte hatte sie so zum Nachdenken gebracht, so, dass sie sie nicht mehr losließ.
Sie schlug die Augen auf und schaute Michael an.
Er starrte aufs Meer.
Es sah aus, als wäre er mit den Gedanken weit weg.
Er bekam auch nicht mit, dass der Kellner kam und freundlich nickend den Kaffee auf den Tisch stellte.
Jule sagte nichts. Sie nippte an ihrem Cappuccino und versuchte damit ihr aufkommendes

Unwohlsein herunterzuspülen. Irgendetwas beschäftigte ihn, doch sie traute sich nicht, ihn danach zu fragen. Seit dem gestrigen Abend kam er ihr verändert vor und es machte ihr Angst herauszufinden, warum das so war.
Nach einiger Zeit des Schweigens schaute er zu Jule herüber. Seine Augen sahen traurig aus und hatten gleichzeitig einen eigenartigen Glanz, den sie in all den Jahren noch nie bei ihm gesehen hatte.
„Es ist traumhaft schön hier, nicht wahr, Schatz?", fragte er, ohne tatsächlich eine Antwort zu erwarten.
Jule nickte stumm. Nachdem sie gezahlt hatten, nahm er ihre Hand und sie gingen zurück in die Stadt.
Das Handy klingelte, als sie gerade durch einen Park gingen. Es war John und Jule nahm das Gespräch entgegen.

„Treffen wir uns in zwei Stunden in der Linenhall Library? Nelly hat Karten für die Lesung heute Abend bekommen. Sie hat vorher auch noch etwas Zeit, euch ein wenig herumzuführen. Habt ihr Lust? Es gibt auch ein kleines Dinner", sagte John lachend.
Jule blickte kurz zu Michael, der das Gespräch mitbekommen hatte.

Er war natürlich einverstanden.
„Sehr gerne, John. Wir werden da sein. Danke schön!", antwortete Jule.

17

Die Linenhall Library war nicht nur von außen imposant, auch die große und helle Eingangshalle konnte sich durchaus sehen lassen.
Beeindruckt blieb das Paar stehen und schaute sich um. Allein in dieser Halle konnte man Stunden damit verbringen, sich all die herrlichen Bilder, Ausstellungsstücke und Skulpturen anzuschauen. Michael stand gebannt vor einem Bild, das offensichtlich eine Szene aus dem Bürgerkrieg um 1920 zeigte.
Jule stand etwas abseits und hielt nach John Ausschau, als sie plötzlich eine Frau wahrnahm, die scheinbar auf sie zukam.
Das lockige, blonde Haar war zu einem lockeren Zopf gebunden und fiel leicht über ihren Rücken. Das schwarze Kleid war zwar einfach geschnitten, doch umrahmte es den Körper dieser Frau wie den eines Engels.
Jule schaute in das ebenfalls engelsgleiche Gesicht der Frau und erkannte sie.

Nelly.

Doch Nelly kam gar nicht auf sie zu, sondern ging direkt zu Michael, der noch immer das Bild betrachtete.

Vorsichtig legte Nelly die Hand auf Michaels Rücken. Als er sich umdrehte, trafen sich ihre Blicke. Für einen kurzen Moment schien die Welt sich nicht zu drehen. Nicht für die beiden und auch nicht für Jule.

Michael schaute an Nelly herunter und küsste sie dann lächelnd auf beide Wange.

Jule stand da und sah ihnen einfach zu. Mit einem Mal hatte sie das Gefühl, ihre Beine würden sie nicht mehr tragen. Sie wollte gerade nach einem der Bistrotische greifen, um sich festzuhalten, als sich ein Arm um ihre Hüften legte und sie förmlich auffing.

Sie schreckte hoch und sah in das frech grinsende Gesicht von John.

„Hallo, schöne Frau. Geht es dir nicht gut oder hast du schon zu viel von dem billigen Champagner getrunken, den sie hier anbieten?"

Jule kam wieder zu sich.

„Nein, alles in Ordnung. Ich habe nicht getrunken. Aber es wäre eine gute Idee", entgegnete sie und zog die Augenbrauen hoch.

Sie könnte jetzt tatsächlich etwas zu trinken gebrauchen, um diese Szene gerade eben so schnell wie möglich zu vergessen.
„Hallo Jule!", erklang plötzlich eine Frauenstimme.
Nelly reichte Jule die Hand und John begrüßte Michael. Jule brachte keinen Ton heraus und Michael schien zu bemerken, dass sie sich unwohl fühlte. Auch John spürte die Anspannung, als er die beiden anschaute.
Er klatschte in die Hände, sodass alle kurz erschraken.
„Wer möchte etwas trinken?", fragte er und griff dabei nach Kellys Hand.
Ohne überhaupt eine Antwort abzuwarten, zog er sie hinter sich her und ließ die beiden zurück.

Jule kam sich auf einmal sehr verloren vor. Es hatte den Anschein, als würde sie mit einem Mal ganz allein in dieser großen Halle stehen. Sie bekam gar nicht mit, wie Michael sie ansprach.
Als er sie schließlich zu sich herumdrehte, damit sie ihm zuhörte, nahm sie ihn erst wahr.
Sie sah ihn an. Um sie herum drehte sich alles, ihr ging es einfach nicht gut, ihr war schwindlig. Vielleicht sollte sie doch nichts trinken, dachte sie.

Immer wieder kam ihr die Szene in den Sinn, als sich Nelly und Michael vor nur wenigen Minuten begegnet waren. Die Blicke, die sie sich zugeworfen hatten, sagten mehr, als Worte es je beschreiben könnten.

„Schatz? Geht es dir gut?"

Michael schien sich wirklich Sorgen zu machen.

Jule atmete tief durch.

„Ja. Ja, es geht mir gut", antwortete Jule etwas gefasster.

John und Nelly kamen in diesem Moment mit dem Champagner zurück und reichten ihnen jeweils ein Glas.

Nach einem kräftigen Schluck ging es Jule tatsächlich etwas besser. Gestärkt fragte sie Nelly nach der Führung, die John ihnen versprochen hatte.

„Natürlich. Sehr gerne. Folgt mir einfach, wir haben noch fast eine Stunde Zeit, bis die Lesung beginnt."

Sie verließen die große Halle und gingen einen langen Gang entlang, der zur ursprünglichen Bibliothek führte. Auch hier waren die Wände gesäumt mit allen möglichen Reliquien aus der Vergangenheit und der Geschichte Irlands.

Am Ende des Ganges befand sich eine sehr alte, große Holztür. Der Eingang zur historischen Bibliothek.

„Darf ich schon einmal vorgehen?", fragte Jule.
„Natürlich, geh nur. Es ist offen. Mary ist sicher da", antwortete Nelly und wandte sich wieder Michael zu, der interessiert ein Schriftstück in einer Vitrine las.
John ging mit Jule weiter.
Als sie die Tür aufschoben, kam sich Jule augenblicklich vor wie in einer anderen Welt.
Sie stand inmitten eines großen, holzgetäfelten Raumes mit vielen Gängen und Nischen, in die man sich zum Lesen zurückziehen konnte.
Einfach gigantisch.
„Michael wird begeistert sein", flüsterte sie John leise zu.
Er lächelte und schob sie weiter in den Raum hinein. An den Wänden standen schier unendliche Regale voller Bücher.
„Lass uns Mary begrüßen, sie gehört hier zum Inventar und hat sich bestimmt hier irgendwo versteckt", flüsterte John ebenso leise zurück und lächelte Jule liebevoll an.
Sie unterdrückte das Gefühl, mit ihm über Nelly und Michael reden zu wollen. Denn John würde sie sicher auslachen und der ganzen Angelegenheit keine Bedeutung beimessen. Sie musste einfach versuchen, die Sache zu vergessen.

An einem kleinen, antiken Tisch mit einer Leselampe darauf, die sicher auch schon einige Jahrzehnte alt war, entdeckte Jule eine zierliche, ältere Dame, die in einem Buch las. Ihre dunklen Haare waren durchzogen mit silbernen Strähnen und fielen ihr beim Lesen über die Brille, die sie auf der Nasenspitze trug. Bereits von weitem sah die Frau sehr sympathisch aus. Unwillkürlich stahl sich ein Lächeln auf Jules Gesicht. Es musste wunderbar sein, seine Zeit in dieser traumhaften Bibliothek verbringen zu können.
„Hallo Mary!", durchbrach John Jules Träumereien.
„John!" Begeistert sprang Mary auf und umarmte den jungen Mann.
„Du warst aber lange nicht mehr bei mir. Ich dachte schon, du hast mich vergessen", zwinkerte ihm Mary zu.
„Wie könnte ich eine so schöne Frau jemals vergessen?", bemerkte John und man sah ihm an, dass er es ernst meinte und Mary wirklich sehr gern hatte.

„Du alter Charmeur!"
Mary sah ihn an und kniff ihn liebevoll in die Wange. Ihr Blick verriet, dass sie ihn schon lange kannte und ihn wie ihren Sohn liebte.

„Wen hast du denn heute mitgebracht?", fragte sie schließlich.
John zog Jule zu sich.
„Das ist Jule. Sie ist aus Deutschland und mit ihrem Freund zu Besuch auf unserer Insel."
Mary begrüßte Jule freundlich.
„Es freut mich sehr, Sie kennenzulernen. Herzlichen Dank, dass ich mir die Bibliothek anschauen darf. Ich bin wirklich sehr beeindruckt", antwortete Jule.
„Das glaube ich Ihnen. Ich arbeite seit mehr als 50 Jahren hier und ich bin jeden Tag aufs Neue fasziniert von diesem herrlichen Gebäude und den unendlichen Möglichkeiten, die speziell diese Räume hier bieten."
„Seit mehr als 50 Jahren?", fragte Jule nach.
Mary lachte auf.
„Ja. Ich bin eigentlich schon seit einigen Jahren in Rente. Doch wer sonst sollte sich hier um alles kümmern? Die jungen Kollegen kennen sich doch viel besser mit dem modernen und digitalisierten Bereich unserer Bibliothek aus und sind ungern hier inmitten all der staubigen Bücher", sagte Mary und schaute dabei gespielt trotzig.
„Nein, ich habe wirklich fast mein ganzes Leben hier verbracht und möchte es einfach nicht missen, hier einen kleinen Beitrag zu leisten, solange ich es noch kann."

Sie bat Jule, sich zu setzten.

„John, sei ein Schatz und hol uns einen Kaffee, ja?", bat Mary.

Nachdem sich die Frauen gesetzt hatten, begann Mary Jule nach allen möglichen Dingen zu fragen. Es wurde eine wunderbare Unterhaltung und Jule fühlte sich von Minute zu Minute besser. Marys Gesellschaft tat ihr gut und sie mochte die alte Dame. Als Mary schließlich davon erzählte, was sie hier in der Bibliothek alles schon gelesen, erlebt und entdeckt hatte, war Jule mehr als nur beeindruckt. Sie krümmte sich vor Lachen, als Mary plötzlich davon zu erzählen begann, wie sie vor einiger Zeit ein junges Pärchen kennengelernt hatte, dass sich in „ ihre" Bibliothek verlaufen hatte.

Es war einer dieser Tage, an denen eine Vernissage im Haus stattgefunden hatte. Offensichtlich war es dem Paar doch etwas zu langweilig und sie entschieden sich, sich für ein Tete a tete zurückzuziehen. Mary erzählte, dass sie gerade an einem der hinteren Regale einige Atlanten einsortierte, als sie ein Geräusch hörte.

Langsam und leise ging sie zurück zu dem Tisch, an dem sie zu diesem Zeitpunkt arbeitete.

Zunächst vermutete sie, dass es sich um ein Tier handeln musste, eine Katze oder ähnliches. Doch als Mary hinter dem Regal zu ihrem Tisch schaute, stockte ihr der Atem. Ihre Unterlagen waren vom Tisch gefegt worden und stattdessen lag darauf eine halbnackte Frau, die von einem ebenso nicht mehr vollständig bekleideten Mann formlich verschlungen wurde. So sah es zumindest aus.

Jule hielt sich vor Lachen den Bauch.

So, wie Mary diese Szene beschrieb, konnte sie sich die Empörung der älteren Dame sehr gut vorstellen.

„Ja, in diesem Moment fand ich das nicht lustig, junge Frau", sagte Mary, konnte aber selbst kaum ihr Lachen unterdrücken.

„Was haben Sie denn gemacht?", fragte Jule.

Inzwischen war John mit dem Kaffee zurück.

„Naja. Ich habe dem Schaupiel erst eine Weile zugeschaut und dann habe ich dem jungen Mann auf die Schulter geklopft und gefragt, ob ich helfen könnte", antwortete Mary.

„ Nein! Das haben Sie nicht?", lachte Jule laut.

Mary nahm einen Schluck von ihrem Kaffee.

„Oh doch! Das hat sie", antwortete John an Marys Stelle. „Genau das hat sie gesagt."

Verwirrt schaute Jule zwischen den beiden hin und her.

„Warst du etwa…?"

Jule beendete die Frage erst gar nicht, denn John nickte bereits.

„Und Nelly?", fragte Jule.

Wieder nickte John.

„Es ist schon einige Jahre her, aber es ist Marys Lieblingsgeschichte", zwinkerte John.

„Aber es hatte etwas für sich. Seither arbeitet Nelly auch hier.", sagte Mary schelmisch grinsend.

„Oh", antwortete Jule nur. Sie hatte nicht erwartet, bei dieser zugegebenermaßen etwas peinlichen, aber überaus lustigen Geschichte wieder an Nelly erinnert zu werden.

„Vielleicht sollten wir langsam einmal nach den anderen schauen", meinte sie.

„Ist Ihr Mann auch hier?", fragte Mary.

„Ja. Mein Freund Michael ist ein begeisterter Irland-Fan und für ihn ist die Linenhall Library ein wahrer Schatz."

Warum war Jule in diesem Moment so bedacht darauf gewesen, Michael als ihren Freund vorzustellen? Er war zwar tatsächlich noch nicht ihr Ehemann, aber noch vor wenigen Tagen hätte sie diese Sache nicht so eindeutig richtig gestellt.

„Vielleicht lerne ich ihn ja noch kennen. Ich muss leider jetzt auch erst einmal los. Samuel, mein Enkel, holt mich gleich ab."

Mary stand auf und legte das Buch zurück ins Regal.

„Wissen Sie, er ist so ein Schatz. Trotz seiner Arbeit lässt er es sich nicht nehmen, mich jeden Tag hier herzubringen und wieder abzuholen. Nicht wahr John?"

„Ja, er ist schon etwas ganz Besonderes", lächelte John zustimmend.

In diesem Moment ging die große Holztür auf und Nelly kam herein. Dicht gefolgt von Micheal und einem jungen Mann, der ungefähr so alt sein musste wie Jule. Anfang 30 vielleicht.

Er war strohblond und sein spitzbübisches Gesicht verriet ihn als humorvollen und sehr interessanten Menschen. Beim Näherkommen konnte Jule seine fast dunkelgrünen Augen erkennen, die sie freundlich anschauten.

„Na, Johnny, wen hast du denn heute mit hergebracht?" Seine Art zu fragen ließ keinen Zweifel daran, worauf er anspielte. Es schien ihm auch nichts auszumachen, dass Nelly etwas peinlich berührt war und er bemerkte wohl auch, dass Jule die Story bereits kannte.

John boxte ihn an die Schulter, als er sich Jule vorstellte.

„Ich bin Samuel und wer bist du?"

Jule rechte ihm die Hand und stellte sich ebenfalls vor.

„Also bist du die Freundin von diesem Glückspilz hier?" und zeigte dabei auf Michael.
Jule nickte zögerlich.
Samuel gab seiner Großmutter einen Kuss zur Begrüßung, nahm ihr sofort fürsorglich ihre Tasche ab und half ihr in die Jacke.
Ein charmanter Mann, dachte Jule und sehr zuvorkommend.
„Wir sollten jetzt zur Lesung gehen, wenn wir den Anfang nicht verpassen wollen", nahm Nelly das Gespräch wieder auf.
Michael reichte ihr den Arm und ging mit ihr zur Tür. Samuel folgte mit Mary und Jule hackte sich bei John unter.
Die große Halle war bereits gut gefüllt und Nelly zeigte ihnen die reservierten Plätze.
„Ich würde mich sehr freuen, Sie noch einmal wiederzusehen. Besuchen Sie mich doch in den nächsten Tagen wieder, Jule."
Mary gab Jule zum Abschied die Hand und lächelte sie freundlich an.
„Auch ich würde mich freuen, dich wiederzusehen", meinte Samuel grinsend, als er sich schließlich auch von ihr verabschiedete.
„Sehr gerne", meinte Jule etwas irritiert.

In der Lesung wurde eine Anthologie junger irischer Autoren vorgestellt. Es war eine Mischung aus sehr nachdenklichen Erzählungen, aber auch lustigen Begebenheiten, die die Atmosphäre auflockerten und sehr angenehm gestalteten.
Jule wirkte dennoch abwesend. Ihre Gedanken ließen die letzten Stunde Revue passieren. Besonders Mary ging ihr nicht mehr aus dem Kopf. Sie erinnerte sie an Adam, den sie zugegebenermaßen sehr vermisste. Ihre liebevolle Art war seiner sehr ähnlich. Man musste sie einfach mögen.
Und Samuel?
Was war er nur für ein Mann?
Dass er seine Großmutter über alles verehrte, war nicht zu übersehen. Sie würde gerne mehr über die beiden erfahren. Sicher hätte sie sich ebenfalls so gut mit ihren Großeltern verstanden. Leider hatte sie sie nie kennenlernen dürfen.
„Ist alles in Ordnung?"
John schaute Jule an und schien sich Sorgen zu machen.
„Ja natürlich. Ich war nur in Gedanken. Bitte entschuldige", antwortete sie.

18

In der Pause gingen die beiden an die Bar. Nelly und Michael waren in ein Gespräch vertieft und weder John noch Jule hatten Lust, sie zu stören.
„Darf ich dich etwas fragen?"
John nickte. „ Natürlich."
„Hast du mit Nelly gesprochen? Weiß sie über Rick Bescheid?"
John verschluckte sich an seinem Bier.
„Wie kommst du denn darauf?", fragte er sichtlich verwundert.
Jule zuckte mit den Schultern.
„Ich weiß es nicht, es war nur so ein Gefühl."
John stellte sein Glas ab und sah Jule an.
„Ich denke, wir sollten reden. Lass uns zurück in die alte Bibliothek gehen. Es sei denn, du möchtest die Lesung nicht verpassen?"
„Nein, es ist in Ordnung. Lass uns gehen."
„Warte…", fügte Jule schnell hinzu, „du hast jetzt aber nicht vor, dein damaliges Erlebnis zu wiederholen?" Sie hatte Mühe, sich das Lachen zu verkneifen.
John schmunzelte und nahm die Getränke.
„Wer weiß, wer weiß…", antwortete er herausfordernd und Jule blieb das Lachen fast im Hals stecken.

Beide warfen noch einmal einen Blick zu Nelly und Michael, die noch immer nicht bemerkt hatten, dass ihre Partner nicht mehr hinter ihnen saßen.

„Also, meine Liebe…", begann John, als sie sich ein gemütliches Plätzchen gesucht hatten.

„Du hattest Recht. Wir haben geredet. Allerdings ist es sehr viel anders gelaufen, als ich es gedacht hatte. Du erinnerst dich doch daran, dass vor einiger Zeit in unserem Land eine Volksabstimmung stattgefunden hat? Der Passus, dass gleichgeschlechtliche Ehen geschlossen werden dürfen, wurde in die Verfassung aufgenommen. Das war im Prinzip der Auslöser für eine Auseinandersetzung zwischen Nelly und mir, beziehungsweise kam es daraufhin zu dem Gespräch, welches ich nie hatte führen wollen."

John senkte den Kopf und rieb sich die Stirn.

„Weißt du, sie ist in dieser Hinsicht Michael sehr ähnlich", fuhr er leise fort. „ Sie versteht diese Art von Liebe und Zuneigung überhaupt nicht. So etwas gibt es für sie nicht und diese Diskussion ist irgendwie so ausgeartet, dass es mir herausgerutscht ist."

Er schaute zu Jule auf, die ihn mit großen Augen ansah.

„Sie hat mich so wütend gemacht. Ich habe mich angegriffen gefühlt, ihr erklären wollen, dass es

sehr wohl möglich ist, jemanden zu lieben, der das gleiche Geschlecht hat und so kam es, dass ich ihr schließlich von Rick erzählt habe. Ich wollte nie, dass es dazu kommt. Nie. Aber nun ist es passiert und irgendwie werden wir damit umgehen müssen."
Eine Weile sagte keiner etwas. Schließlich fragte Jule leise:
„Wie hat sie reagiert?"
„Zuerst hat sie geschrien. Dann geweint, viele Stunden und jetzt ist sie wie ausgewechselt. Sie ist übertrieben fröhlich, stürzt sich in die Arbeit und tut so, als wäre nichts gewesen. Ich habe versucht, mit ihr zu reden, aber sie lehnt es ab. Sean weiß von all dem nichts. Wenn ich ehrlich bin, weiß ich nicht, wie es weitergehen soll."
Beruhigend strich ihm Jule über den Arm. Es musste eine enorme Belastung für ihn sein. Und natürlich für Nelly.
„Ich denke, ihr beiden müsst eine Entscheidung treffen, wie auch immer sie aussehen mag."
John nickte.
„Ich weiß. Aber ich habe Angst davor. Ich bin nicht sicher, was richtig und was falsch ist. Ich werde meinen Gefühlen folgen müssen. Ich habe Nelly zu lange belogen, dafür muss ich jetzt bezahlen."
Damit hatte er sicher Recht.

Doch was Jule auffiel war, dass gerade diese Situation der Grund dafür sein könnte, warum sie sich so an Michael heranmachte. Vielleicht übertrieb sie damit ja ein wenig, aber es war nicht auszuschließen, dass Nelly John eifersüchtig machen wollte. Mit einem anderen Mann. Dumm nur, dass es ausgerechnet ihr Mann sein musste, dachte Jule wütend.

Um das Gespräch ein wenig zu entspannen, fragte Jule nach Mary.

John antwortete dankbar und erzählte, dass Mary tatsächlich seit mehr als 50 Jahren hier arbeitete. Sie war mittlerweile über 70 und konnte sich einfach nicht trennen. Sie meinte immer, es würde ihr etwas fehlen und zu Hause würde ihr nur die Decke auf den Kopf fallen. Samuel hatte schließlich auch nicht den ganzen Tag für sie Zeit, da er schließlich in seinem Büro viel zu tun hatte.

„Sam ist Architekt und liebt seine Arbeit über alles. Aber eben auch seine Granny, sie haben ja nur einander."

Verblüfft und fragend schaute Jule ihn an.

„Ja, es gibt niemanden mehr in ihrer Familie. Marys Eltern und ihr Mann sind früh verstorben und auch ihr einziger Sohn, Sams Vater, kam mit seiner Frau bei einem Flugzeugabsturz ums Leben. Es ist unerträglich traurig. Aber das macht die Verbindung zwischen den beiden umso

intensiver. Sie sind zwei ganz besondere Menschen und ich liebe sie."
John lächelte beim Gedanken an Mary und Samuel.
Jule ging das gerade Gehörte durch und durch. Wie viel Leid kann ein Mensch eigentlich ertragen? Wieder musste sie an Adam denken, der sein Leben lang seiner ersten und einzigen Liebe nachtrauert, weil es weder einen Abschied noch Gewissheit gab, was mit Adele passiert war.
Sie musste einfach die Chance ergreifen und recherchieren, was damals geschehen war. Wenn es eine Antwort gab, dann doch hier. Es war ein Versuch, aber es war die Sache wert.
Falls sie nichts herausfinden würde, musste sie ja bei ihrer Rückkehr zu Adam nicht darüber sprechen.
„Ich würde sehr gerne ein paar Recherchen machen, meinst du, Mary würde mir dabei helfen?", fragte Jule unvermittelt.
„Bestimmt! Darin ist sie Expertin. Aber was hat eine deutsche Frau in der Belfaster Bibliothek zu recherchieren?", meinte John verwundert.

Jule begann ihm von Adam zu erzählen, wie sie ihn kennengelernt hatten und später von seiner Geschichte erfahren hatten. Sie ließ auch nicht aus, dass zum Großteil ihre Neugier daran schuld

gewesen war, die sie auch jetzt dazu brachte, entgegen Adams Bitte ein paar Erkundigungen einzuholen.
„Du bist unglaublich!", sagte John kopfschüttelnd. „Aber ich finde es auch toll von dir, dass du ihm so gerne helfen möchtest. Mary unterstützt dich mit voller Hingabe, glaube mir. Aber jetzt erzähl mir doch noch einmal genau, wie die Begegnung mit Adam in der Ruine abgelaufen ist", sagte er schmunzelnd.
„Ja, ja. Das war gar nicht so lustig, wie es sich jetzt vielleicht anhört. Stell dir vor, du bist in dieser Ruine, alles ist dunkel und plötzlich schaut dich einer an!" Jule boxte John an die Schulter, sodass er laut jauchzte.
„Hu, hu…", machte er und hob anscheinend verängstigt die Arme, doch er konnte nicht aufhören zu lachen.

„Na ihr habt ja Spaß, wie es aussieht!"
Michaels Ton war scharf und sein Gesichtsausdruck ernst, als er plötzlich hinter Jule stand.
Erschrocken sah sie ihn an.
„Was macht ihr hier, wenn ich fragen darf?"
Er schien wirklich verärgert zu sein.
„Wir haben nur miteinander geredet", antwortete Jule.

„Aha. Ihr habt eine sehr interessante Lesung verpasst. Nelly und ich suchen euch seit einer Weile."
Inzwischen war auch Nelly dazugekommen und sah John strafend an. Ihr Gesicht verriet eine Mischung aus Ärger, Angst und Wut.
„Es tut uns sehr Leid. Bitte entschuldigt. Ihr wart in der Pause so in euer Gespräch vertieft, dass wir nicht stören wollten."
Jules Antwort klang deutlich anklagender, als es gewollt war. Aber es reagierte auch keiner der beiden darauf.
Michael nahm sie einfach am Arm und ging mit ihr hinaus.
Nelly sprach mit John und ihre Körperhaltung ließ darauf schließen, dass auch sie sehr wütend war.

Vor der Tür wurde Michaels Griff etwas härter. Mit einem Ruck drehte er Jule um und starrte ihr ins Gesicht.
„Was sollte das?!"
Jule begriff überhaupt nicht, was er wollte.
„Was meinst du? Dass ich mit John geredet habe? Was ist denn daran so schlimm?"
„Was daran so schlimm ist? Du kannst doch nicht einfach die Lesung verlassen und mit ihm in die Bibliothek gehen! Das ist unhöflich gegenüber Nelly, meinst du nicht?", antwortete Michael laut.

Jetzt wurde es Jule allmählich zu viel.
„Unhöflich? Ach ja? Und ist es nicht auch unhöflich von ihr, sich an dich heranzumachen? Und ist es von dir in Ordnung, dass du mich kaum beachtest, sobald sie in der Nähe ist?"
Jules Stimme zitterte. Sie kam sich plötzlich vor wie ein eifersüchtiger Teenager, aber es war andererseits auch gut, dass es heraus war. Seit ihrer ersten Begegnung mit Nelly am Vorabend wirkte Michael verändert und das beunruhigte sie.

„So ein Blödsinn! Wir verstehen uns einfach sehr gut und du weißt, wie interessiert ich an diesem Land bin. Sie kann mir sehr viel davon erzählen", sagte Michael verärgert.
„Ah, ich verstehe!", meinte Jule gereizt und riss sich los. Ohne weiter auf Michael zu achten, ging sie zum Ausgang.
Sie musste an die frische Luft und diesen Streit sacken lassen.

19

Obwohl es ziemlich kalt war, spürte Jule nichts davon. Sie lief durch den Park und setzte sich auf eine kleine Bank. Sie starrte in den dunklen Himmel und lauschte den abendlichen Geräuschen der Stadt.
Langsam stellte sich die Nacht ein und das Gezwitscher der Vögel verstummte. Der Wind wiegte die Blätter sanft in den Schlaf und in der Ferne konnte man Stimmen hören, die kamen und gingen. Ein kleiner Ort der Ruhe, fernab des Abends in der Linenhall Liberary, der vollkommen anders verlaufen war, als sie es sich vorgestellt hatte.
Jule konnte sich nicht daran erinnern, je mit Michael gestritten zu haben. Vielleicht, wenn es darum ging, wer sonntags die Brötchen holen musste oder wer von beiden das letzte Stück Schokolade bekam, wenn sie gemütlich vor dem Fernseher saßen. Aber es war nie um eine Frau oder einen anderen Mann gegangen.
War es bisher einfach zu gut in ihrer Beziehung? Waren sie schon ein so eingespieltes Team, dass sie vergessen hatten, dass es auch schwierige Zeiten geben könnte?

Jule senkte den Kopf, als es zu regnen begann. Es tat irgendwie gut, die kühlen Tropfen auf der Haut zu spüren. So, als würden sie Jule vorsichtig wecken wollen, ihr zeigen wollen, dass sie sich nicht in ihren Gedanken und Gefühlen verrennen und sich davon gefangen nehmen lassen sollte.

Sie entspannte sich, atmete tief durch und bemerkte mit einem Mal, wie kalt es eigentlich war. Erst jetzt fiel ihr auf, dass sie ihre Jacke nicht mitgenommen hatte, und sie schlang die Arme fest um ihren Körper. Und sie verspürte Hunger.

Entschlossen nahm sie ihre Handtasche und lief in Richtung Stadt. Zurückgehen wollte sie auf keinen Fall. Das wäre ihr zu peinlich. Schließlich war sie einfach gegangen, ohne den anderen Bescheid zu geben.

Am Ende der Straße sah sie ein kleines Cafe´, das sehr gemütlich aussah.

Es gab nur fünf Tische und eine ältere Dame, die hinter dem Tresen stand. Sie begrüßte Jule freundlich und bot ihr einen Tisch an.

Sie war der einzige Gast, aber das machte ihr nichts aus. Die Dame brachte ihr die Karte und fragte, ob sie einen Tee mochte.

„Sie sehen aus, als würden Sie frieren, Kind" meinte sie freundlich und zwinkerte Jule aufmunternd zu.

Jule nahm das Angebot dankend an und bestellte sich gleich noch etwas zum Essen.

Als sie in ihrer Tasche nach ihrer Geldbörse suchte, fiel ihr das kleine Taschenbuch in die Hände, welches sie sich für die Reise mitgenommen hatte.

„Das Cafe´ am Rande der Welt", eine Erzählung über den Sinn des Lebens von J. Strelecky.

Jule lächelte, als sie den Titel noch einmal las. Auch sie saß gerade in einem Cafe´, vielleicht nicht unbedingt am Rande der Welt, aber doch allein und es schien ihr eine gute Gelegenheit zu sein, das Buch genau jetzt zu lesen.

Der Tee war einfach herrlich und tatsächlich bitter nötig gewesen. Sie las, trank und aß, schaute ab und an durch das Fenster auf die belebte Straße dem Treiben zu. Trotz des Regens schienen viele Menschen es sich nicht nehmen zu lassen, die Pubs zu besuchen und zu feiern.

Sie genießen ihr Leben, die Zeit in der Stadt, tun das, was sie wirklich wollen, so, wie es in John Streleckys Erzählung auch beschrieben war, dachte Jule.

Es ging im Wesentlichen darum, dass die meisten Menschen in ihrem Leben nicht wussten, warum sie bestimmte Dinge taten. Einfach und allein aus

dem Grund, weil sie sich nie gefragt hatten, warum sie hier waren, warum sie existierten.
Denn würden sie es tun, fänden sie womöglich eine Antwort darauf, die ihnen ermöglichte, ein glückliches und erfülltes Leben zu führen.
Warum? Weil sie ihr Tun ausschließlich darauf beschränken würden, was ihnen wirklich wichtig wäre und sie glücklich machen würde und nicht darauf, was beispielsweise andere von ihnen erwarteten oder ihnen vorgegaukelt wird, was zum Glücklichsein nötig wäre.
Ein wirklich sehr beeindruckender und interessanter Gedanke!
Befand sich Jule vielleicht auch gerade in diesem Moment auf der Suche nach Antworten auf die Frage, warum sie hier war? Was sie eigentlich wollte?
Warum saß sie ausgerechnet jetzt in einem Cafe´, in einer fremden Stadt, ohne Michael, vor dem sie nach einem ersten ernsthaften Streit einfach davongelaufen war?
Zum ersten Mal in der langen Beziehung zu Michael kamen ihr ernste Zweifel daran, ob sie wirklich auf ihrem Weg war und tatsächlich das tat, was sie brauchte, um glücklich zu sein.
Bisher war sie unbewusst, oder teilweise auch sehr bewusst darauf bedacht gewesen, dass ihr Leben nie so verlaufen sollte wie das ihrer Eltern.

Nie wollte sie diesen Schmerz erfahren, nie so enden, wie ihre Mutter. Dieser große schwarze Klumpen in ihrer Brust, der all diese Verletzungen ihrer Seele beinhaltete, war trotz allem immer präsent.

War das der Grund für den Aufbau ihrer inneren Struktur, alles zu unternehmen, dass es ihr nicht so erging?

Lief es tatsächlich einfach zu gut mit Michael, dass sie mitunter Dinge einfach verdrängt hatte, die nicht in ihr Bild passten? Obwohl sie vielleicht etwas anderes wollte?

Vertieft in ihr Buch bemerkte Jule nicht, dass ein weiterer Gast hereinkam, den die Bedienung überschwänglich begrüßte.

Sie stand auf, um auf die Toilette zu gehen und bemerkte einen jungen Mann am anderen Tisch.

Als sie an ihm vorbeiging, sah sie, dass er zeichnete. Einige Blätter waren auf dem Tisch verteilt, Zeichnungen von Gebäuden, aber auch ein paar Bleistiftzeichnungen von Landschaften und Menschen.

Der Mann saß mit dem Rücken zu ihr und bemerkte sie nicht.

Als Jule ihr Gesicht im Spiegel des Toilettenraumes sah, erschrak sie ein wenig. Sie sah blass aus, die Haare waren durcheinander und

ihre Augen waren müde. Das Kleid, das sie heute Abend trug, war Michaels Lieblingskleid und er machte ihr jedes Mal Komplimente, wenn sie es anhatte.
An diesem Abend war dem nicht so gewesen, vielmehr hatte es ihm nur bei Nellys Anblick den Atem geraubt.
Aber sie wollte nicht wieder darüber nachdenken.
Es würde sicherlich alles wieder in Ordnung kommen.
Vielleicht sollte sie dann auch langsam zurück ins Hotel gehen. Michael war sicher in Sorge.
Jule machte sich etwas zurecht und wollte gerade zurück zu ihrem Tisch gehen, als sie direkt an der Tür mit jemandem zusammenstieß.
Erschrocken blickte sie auf und entschuldigte sich.
Als sie erkannte, wer vor ihr stand, trat sie einen Schritt zurück.

„Samuel? Was tust du denn hier?"
Er lächelte schief und stellte die Gegenfrage.
„Und du? Solltest du nicht bei einer Lesung sein?"
„Ja, eigentlich schon." Etwas verunsichert versuchte Jule, an ihm vorbeizukommen.
„Lauf nicht gleich wieder weg. Lass uns etwas zusammen trinken", bat er sie.
Warum eigentlich nicht, dachte Jule.
Sam nahm sie mit an seinen Tisch.

„Du zeichnest?", fragte Jule erstaunt.
„Ja, das tue ich gerne. Nach Feierabend sitze ich oft hier und zeichne. Ich tue das zwar beruflich fast den ganzen Tag, aber mit einem Bleistift und einem Blatt Papier kann ich meiner Fantasie freien Lauf lassen", antwortete Sam stolz.
„Du bist Architekt, nicht wahr?"
„Ja, woher weißt du das? Hat Granny etwa schon wieder alles über mich erzählt?", fragte er mit gespielt böser Mine.
„Tja, wer weiß", antwortete Jule lächelnd.

Vergessen war das Vorhaben, ins Hotel zu gehen, um mit Michael zu reden. Sie bestellten Wein und unterhielten sich ungezwungen. Jule interessierte sich sehr für Sams Zeichnungen.
„Woran arbeitest du zurzeit?", fragte sie nach.
„Mein Büro arbeitet gerade einen Entwurf für eine neue Schule aus." Sam zog den Bauplan hervor. „Ich bin aber noch nicht zufrieden. Es fehlen noch einige Details, aber ich bin sicher, wir bekommen das hin."
„Und nebenbei zeichnest du auch noch andere Dinge?", fragte Jule nach.
„Ja. Aber nur, wenn ich hier bin. Ellens Cafe´ ist meine Oase der Ruhe und ich nehme mir so oft wie möglich die Zeit, um hier zu entspannen. Außer, ich bin zu Hause bei Granny, die mich mit

ihren wunderbaren Kochkünsten verwöhnt", grinste Sam.

Es stellte sich heraus, dass beide zusammen in der alten Familienvilla wohnten, die sein Vater vor langer Zeit gekauft und renoviert hatte. Die Übernahme der Firma seines Vaters ermöglichte es Sam und Mary, ein zumindest finanziell sorgenfreies Leben zu führen.

„Möchtest du mir nicht auch ein wenig von dir erzählen? Was verschlägt euch nach Belfast?"

Das ist eine lange Geschichte, dachte Jule, aber sie begann zu erzählen, wie es zu der Reise gekommen war und was sie bereits in den ersten Tagen erlebt hatten. Sie berichtete ihm auch von ihrer ersten Begegnung mit John, wobei sie natürlich ausließ, dass er sich ihnen gegenüber mehr oder weniger geoutet hatte. Er stand Sam zwar offensichtlich sehr nahe, aber Jule konnte sich nicht vorstellen, dass Sam darüber Bescheid wusste.

Als Jule ihm erzählte, wie sie Adam kennengelernt hatten, hielt sich Sam, ebenso wie John, den Bauch vor Lachen.

„Entschuldige, aber wie du es erzählst, klingt es wirklich lustig. Wobei ich mir gut vorstellen könnte, dass es euch gar nicht zum Lachen war, oder?"

„Nein, in diesem Moment nicht", sagte Jule.
„Und erst recht nicht mehr, als uns Adam später seine Geschichte erzählte", meinte Jule nachdenklich.
Inzwischen war es sehr spät geworden.
Ellen gab Sam ein Zeichen, dass sie schließen wollte.
„Darf ich seine Geschichte erfahren?", fragte Sam, als er die Rechnung beglich.
„Ja, natürlich. Ich würde auch gerne mit Mary darüber reden, da ich mir Hilfe von ihr erhoffe", sagte Jule.
„Jetzt machst du mich aber neugierig. Verrätst du mir alles, während ich dich zum Hotel bringe?"
Sam konnte es einfach nicht lassen und seinem charmanten Lächeln war schwer zu widerstehen.
Da das Hotel nur ungefähr eine halbe Stunde entfernt war, gingen sie zu Fuß.
Sam hörte Jule aufmerksam zu.
„Du hast Recht. Seine Geschichte klingt sehr traurig. Aber ich bin sicher, Mary kann dir helfen, etwas über den Angriff der Deutschen von damals herauszufinden. Ich werde morgen früh gleich mit ihr reden und dir Bescheid geben, wenn du nichts dagegen hast", meinte Sam, als sie am Hotel angekommen waren.

Als sie die Telefonnummern ausgetauscht und sich verabschiedet hatten, wurde es Jule plötzlich etwas mulmig zumute.
Michael würde sicher schon auf sie warten und sie zur Rede stellen.
Und genauso war es auch, als sie ins Zimmer kam. Michael saß auf dem Bett und starrte in den Fernseher. Zuerst tat er so, als würde er sie nicht sehen. Als sie sich schließlich zu ihm setzte, drehte er sich wütend zu ihr um und bedachte sie mit einem abschätzigen Blick.
Er hatte getrunken. Viel getrunken, wie es aussah.
„Wo warst du?"
Jule versuchte ihm ruhig zu erklären, dass sie in einem kleinen Cafe` etwas gegessen hatte. Die Begegnung mit Sam verschwieg sie ihm, das würde die Situation im Moment nur verschlimmern.
Sie entschuldigte sich für ihr Verhalten, die Lesung einfach verlassen zu haben, ohne ihm Bescheid zu geben. In der jetzigen Situation noch einmal mit Nelly zu konfrontieren, brachte einfach nichts.
Michael starrte sie nur weiter an, ohne einen Ton zu sagen. Schließlich stand er einfach auf, ging kurz ins Bad und legte sich dann ins Bett. Nach wenigen Sekunden war er eingeschlafen.

Jule war eigentlich ganz froh, sich am heutigen Abend nicht noch einmal mit ihm auseinandersetzen zu müssen. Morgen wäre auch noch ein Tag, um zu reden.

Als Jule morgens aus dem Badezimmer kam, hörte sie das Handy klingeln.
Es war noch in Michaels Jackentasche.
Eine unbekannte Nummer.
Aber wenn sie sich nicht täuschte, musste es die Nummer sein, die ihr Sam am Vorabend gegeben hatte.
Er war es tatsächlich und er überfiel sie sofort mit der Frage nach einem Treffen.
Jule musste lachen, doch seine Art gefiel ihr.
Er hatte bereits mit Mary gesprochen und sie würde Jule gerne in der Bibliothek sehen.
„Ich hole dich am Hotel ab, ja?", fragte Sam.
„Oh. Ich muss erst mit Michael reden. Aber ich denke, es geht in Ordnung. Vielen Dank und bis nachher", verabschiedete sich Jule und legte auf.
Michael schlief noch immer. Jeder Versuch, ihn zu wecken, missglückte.
So entschied sich Jule, ihm einen Zettel zu hinterlassen, wo er sie finden konnte.

20

„Samuel hat mir alles erzählt. Das alles klingt ja so interessant! Mich hat der Kampfgeist gepackt! Wir finden sicher etwas heraus, meine Liebe!" Mary war richtig aufgeregt und Jule ließ sich direkt anstecken.
Nachdem sie zunächst erst einmal alle Dokumente zum Luftangriff im Jahr 1941, die im Regal zu finden waren zusammengesucht hatten, setzten sich die beiden Frauen an einen der größeren Tische und breiteten die unzähligen Bücher aus.
„Mit einem guten Tee geht die Recherche bestimmt etwas besser", schmunzelte Mary und zog eine alte Thermoskanne aus ihrer großen Tasche.
Nach mehr als zwei Stunden hatten sie lediglich herausgefunden, was an dem Tag des Angriffes im April geschehen sein musste. Zumindest hatte Jule eine Auflistung der Gebäude gefunden, die zerstört worden waren.
Nach Adams Erzählungen war das Haus, indem Adele einmal gewohnt hatte, zerstört worden. Eines der vielen Gebäude, darunter auch viele Fabrikgebäude, musste also Adeles Haus sein. Aber das allein half Jule nicht weiter.

Sie brauchten dringend eine Liste der damaligen Opfer, wenn es die denn gab.

„Jule, was haben wir denn noch? Wie hieß diese Frau genau?", fragte Mary.

Tja, das war die Frage.

„Ich bin nicht sicher, ob Adam und Adele verheiratet waren. Wir können es nur mit dem Namen Adele Churchan versuchen. Das ist zumindest Adams Nachname", meinte Jule schon weniger euphorisch.

Mittlerweile duzten sich die Frauen und trotz des bisherigen Misserfolgs ihrer Bemühungen hatten sie eine Menge Spaß zusammen. Die Zeit verging wie im Flug und Jule war gar nicht aufgefallen, dass sie seither nichts von Michael gehört hatte.

Mary lehnte sich zurück.

„Hier habe ich eine Auflistung der Menschen, die damals umgekommen sind. Ich habe den Namen Adele Churchan bisher nicht gefunden. Aber die Liste ist auch ziemlich lang. Ich habe gar nicht gewusst, dass es so viele Opfer gab. Meine Eltern hatten wirklich Glück." Sie wirkte mit einem Mal nachdenklich.

„Wie meinst du das, Mary?", fragte Jule nach.

„Ich bin in diesem Jahr geboren. Unsere Familie war Gott sei Dank nicht betroffen. Es muss schlimm gewesen sein. Meine Eltern haben nicht viel darüber geredet", meinte Mary leise.

„Aber so wie Adam jemanden zu verlieren, ist doch wirklich kaum zu ertragen. Er tut mir so Leid."

Jule nickte zustimmend.

„Umso schöner wäre es, wenn wir etwas herausfinden würden. Vielleicht fällt es ihm dann leichter, sich zu verabschieden und loszulassen."

Vielleicht gäbe es die Möglichkeit, über eine Liste der Registrierbehörde herauszufinden, ob es in Belfast eine Familie mit dem Namen Churchan gab.

Als Jule Mary danach fragte, schlug sie die Hände über dem Kopf zusammen.

„An diese Liste zu kommen ist in der Tat kein Problem. Das Problem ist, tatsächlich die richtige Familie zu finden. Diese Recherche gleicht einer Suche nach der berühmten Nadel im Heuhaufen, mein Kind."

Die Frauen hatten nicht bemerkt, dass jemand die Bibliothek betreten hatte.

Michael war hereingekommen und sah noch immer sehr mitgenommen aus.

Jule stand auf und begrüßte ihn mit einem Kuss auf die Wange. Er war sehr zurückhaltend und nickte Mary freundlich zu.

„Nelly und John haben uns für heute Abend zum Essen bei sich zu Hause eingeladen", sagte er sachlich.

„Wir sollen um sechs Uhr da sein. Wenn du hier noch zu tun hast, würde ich mich in der Stadt noch ein wenig umschauen und dich später abholen."

Jule hatte Michael selten so nüchtern und sachlich erlebt.

Sie ging mit ihm zur Tür.

„Meinst du nicht, dass wir miteinander reden sollten?", fragte Jule, als sie schließlich in dem weitläufigen Gang standen.

Er sah sie an, aber sie hatte das Gefühl, dass er durch sie hindurch schaute.

„Michael?", versuchte es Jule erneut.

„Ja, wir sollten reden. Aber nicht jetzt und nicht hier. Ich hole dich später ab."

Ohne ein weiteres Wort ließ er Jule stehen und verließ das Gebäude. Sie schaute ihm lange nach, versuchte zu verarbeiten, was gerade geschehen war, bevor sie zu Mary zurückkehrte.

„Ist alles in Ordnung, Liebes?", fragte sie, als Jule sich wieder gesetzt hatte, blass und nachdenklich.

„Ja, ich denke schon. Lass uns die Liste noch durchschauen, vielleicht finden wir noch etwas."

Jule versuchte sich auf ihre Recherchen zu konzentrieren. Sie konnte den Namen einfach nicht finden.

Mary kam immer mit neuen Büchern zurück, aber auch sie hatte die Hoffnung bereits aufgegeben.
„Wusstest du, dass wir in der Bibliothek Bücher aus Belfast und Ulster aufbewahren, die bis ins 18. Jahrhundert zurückgehen?"
Mary hatte davon einige mitgebracht und zusammen schauten sie nach irgendwelchen Artikeln oder Hinweisen.
„Hier!", rief Mary plötzlich. „ Ich habe etwas. Es gibt eine kleine Grabstätte für die Opfer des Angriffs, die nicht identifiziert werden konnten!"
Wunderbar! Das war ja wenigstens etwas.
„Adam hat diese Gedenkstätte auch schon erwähnt, wenn ich mich recht erinnere. Aber wenn das alles ist, was wir finden können, soll es wahrscheinlich so sein", sagte Jule ruhig. „
„Ich hatte wohl einfach zu sehr gehofft, Adele ausfindig zu machen und damit Adam zu helfen. Aber es erscheint mir aussichtslos zu erfahren, was damals genau geschehen ist."
Jule schloss die Augen und lehnte sich zurück. Ihre Gedanken gingen wild durcheinander. Sie dachte an Adam und Michael, an Nelly und John und sie dachte auch an Sam, was ihr ein Lächeln entlockte.

„Schläft sie etwa?", hörte sie eine leise Stimme und schreckte auf.

Sam stand vor ihr und schaute sie lächelnd an.
„Ich dachte, ihr beiden arbeitet hier?", fragte er provozierend.
„Oh, das haben wir", verteidigte sich Jule grinsend.
Sam war da, um Mary abzuholen.
Ein Blick auf die Uhr verriet ihr, dass noch Zeit bis zum Treffen bei John und Nelly war. Wann genau Michael Jule abholen wollte, hatte er nicht gesagt.

„Ist es in Ordnung für dich, wenn wir für heute aufhören?", fragte Mary, „ Ich habe hier noch die Einwohnerliste für dich herausgesucht. Ich habe dir die Akten aus den 20er und 30er Jahren abgelichtet, auch den Teil der Liste, der die Familiennamen Churchan enthält. Ich denke, das ist vorerst ausreichend, nicht wahr? Die Akte ist so schon umfangreich genug."
Dankbar nahm Jule die Liste entgegen. Sie würde sie später durchschauen können und vielleicht fand sie ja doch noch einen Hinweis.

„Ich kann dich bis zum Hotel mitnehmen, wenn du möchtest. Ich muss nur vorher noch kurz im Büro vorbei", warf Sam ein.
Eigentlich war das eine gute Idee. Jule könnte Michael vom Hotel aus anrufen.

„Sehr gerne", bedankte sich Jule.
Nachdem sie Mary zu Hause abgesetzt hatten, fuhren sie zu Sams Büro.
„Ihr habt wirklich ein wunderschönes Haus. Es muss traumhaft sein, dort zu wohnen." Jule geriet richtig ins Schwärmen.
„Ja, das ist es. Ich bin auch sehr stolz darauf", lächelte Sam.
Wenig später standen sie vor einem riesigen Bürokomplex.
„Hier hast du also dein Büro?", fragte Jule staunend.
„Ja. Und nein", antwortete Sam lachend.
„Das gesamte Gebäude gehört mir."
Sam klopfte sich stolz auf die Brust und versuchte, dabei nicht laut loszulachen.
Jule schaute ihn beeindruckt an.
„Das ist das Vermächtnis meiner Eltern. Ich versuche, ihnen ein würdiger Nachfolger zu sein", sagte Samuel anschließend wehmütig.
Schließlich stieg er aus, öffnete die Beifahrertür und bat Jule, ebenfalls auszusteigen.
Bereits der Eingangsbereich des Bürokomplexes war mehr als erstaunlich.
In der Mitte der Raumes stand eine Statue, die ein Kind in den Armen seiner Eltern darstellte.
Ein Sinnbild für Liebe und Familie.

Sicher hatte diese Statue eine sehr große Bedeutung für Sam.
Es musste ein wirklich harter Schicksalsschlag für ihn gewesen sein, als er seine Eltern und damit einen Großteil seiner Familie verlor.
Genau wie sie selbst und doch auf eine andere Weise.
Obwohl sie es erahnen konnte, mochte Jule sich gar nicht ausmalen, wie schmerzhaft das für ihn und Mary gewesen sein musste und versuchte, den Gedanken zu verdrängen.

Die Wände des Raumes waren in einem warmen Weiß gehalten und vereinzelt mit herrlichen Bildern geschmückt.
Vor einem Bild blieb Jule unvermittelt stehen. Es handelte sich um die Bleistiftzeichnung zweier verschränkter Hände, die so detailgetreu und wunderbar gezeichnet waren, als würde man eine Fotografie betrachten.
„Gefällt es dir?", fragte Sam.
„Es ist wunderschön. Wer ist der Künstler?", fragte Jule, ohne den Blick von dem Bild abwenden zu können.
„Mhm…lass mich überlegen", meinte Sam.
Jule drehte sich plötzlich ruckartig herum und sah in Sams grinsendes Gesicht.
„Hast du das gezeichnet?", fragte sie erstaunt.

„Ja. Vor ein paar Jahren. Ich zeichne gerne Hände oder andere markante Merkmale eines Menschen, die ihn einzigartig machen. Allein die Hände erzählen ihre eigene Geschichte und sagen so viel aus. Das sind die Hände meiner Großmutter", meinte er stolz.

Im zweiten Stock angekommen, bat Sam Jule darum, kurz auf ihn zu warten.

Doch wenig später kam er bereits zurück.

„Jule, es tut mir so Leid. Ich habe hier noch einige Zeit zu tun. Ich muss noch einmal eine Präsentation überarbeiten, die morgen vorgestellt werden soll. Möchtest du, dass ich dich vorher noch ins Hotel bringe?", fragte Sam.

Doch Jule winkte ab.

„Nein, das ist schon in Ordnung. Es ist ja nicht mehr weit. Lieben Dank, dass du mich mitgenommen hast."

„Wir telefonieren, ja?", rief Sam ihr noch im Gehen hinterher und sie nickte freundlich.

Er war schon ein faszinierender Mann, mit einem Talent, das wirklich beeindruckend war.

In weniger als 15 Minuten war Jule an dem kleinen Hotel angekommen, das sie mit Michael seit ihrer Ankunft in Belfast bewohnte.

Sie hatte über den letzten Abend und seine Reaktion am Nachmittag nachgedacht. Und

darüber, dass sie auf ihrer Reise durch Irland noch einige Ziele vor sich hatten. Sie mussten dringend miteinander reden und Jule hoffte inständig, dass sie noch vor dem geplanten Abendessen bei Nelly und John Gelegenheit dazu haben würden.
Der Mietwagen von Adams Großneffen Ray stand auf dem kleinen Parkplatz. Also musste Michael auf dem Zimmer sein. Es sei denn, er war noch zu Fuß unterwegs in der Stadt.
Als Jule die Zimmertür öffnete, hörte sie leise Musik. Michel war also da.
Innerlich für das Gespräch gewappnet, ging Jule in das Wohn-und Schlafzimmer, doch auf das, was sie dort erwartete, war sie nicht vorbereitet...

Michael lag mit geschlossenen Augen auf dem Bett.
Das Laken bedeckte nur einen kleinen Teil seines nackten Körpers.
Er hatte Jule nicht bemerkt.
Erst als sich die Tür vom Badezimmer öffnete, reagierte er. Er lächelte zunächst, doch sein Lächeln erstarb sofort, als er Jule sah.
Es war Nelly, die aus dem Badezimmer gekommen war.
Sie war nur mit einem Handtuch bekleidet und starrte Jule schuldbewusst an.

Diese Situation war so absurd, dass sie für Jule in diesem Augenblick nichts mit der Realität zu tun haben konnte.

Ihre Gedanken gingen wild durcheinander, sie war nicht in der Lage, sie zu ordnen, geschweige denn, irgendetwas zu sagen. Ihr Kopf drohte plötzlich zu explodieren, die Schmerzen in ihrem Körper, die sie mit einer derartigen Wucht erfassten, waren weder zu beschreiben, noch auszuhalten.

Ihr wurde übel, ihre Beine gaben nach und sie sackte zusammen.

Für einen kurzen Moment schloss sie die Augen, in der Hoffnung, wieder zu sich zu kommen.

Es war unmöglich, einen klaren Gedanken zu fassen.

Alles um sie herum drehte sich.

Eine prägende Szene aus ihrer Kindheit schoss ihr durch den Kopf, mit der sie sich nicht auseinandersetzten konnte und wollte. Nicht jetzt!

Sie musste weg!

Sie musste einfach raus aus diesem Zimmer, raus aus dieser unglaublichen Szenerie!

Sie spürte Michaels Hand auf ihrer Schulter.

Er versuchte ihr aufzuhelfen und redete unverständlich auf sie ein.

Jule blickt ihm in die Augen, doch sie erkannte ihn nicht.

Sie hatte das Gefühl, diesen Mann noch nie zuvor gesehen zu haben.
Heftig schlug sie seine Hand weg, stand auf und wankte aus dem Zimmer hinaus in den Flur.
Dumpf hörte sie jemanden ihren Namen rufen, doch Jule reagierte nicht mehr.

21

Samuel war endlich fertig mit seiner Arbeit. Er hatte deshalb sogar das gemeinsame Abendessen mit seiner Großmutter verschieben müssen.
Umso mehr freute er sich jetzt darauf, nach Hause zu kommen. Als kleine Entschuldigung für seine Verspätung würde er Mary von unterwegs ihre Lieblingspralinen mitbringen.
Er verabschiedete sich von seinen Mitarbeitern und trat vor das Gebäude.
Tief durchatmend genoss er den Geruch der Stadt.
Sam liebte es, wenn sich langsam die Nacht über seine Heimatstadt legte und die unzähligen Lichter zu leuchten begannen.
Auf dem Weg zu seinem Wagen fiel ihm eine junge Frau auf, die auf einer Bank vor seinem Bürogebäude saß und in die aufkommende Dunkelheit starrte.

Samuel ging auf die Frau zu, um ihr Hilfe anzubieten.
Als er bei ihr war, fuhr ihm der Schreck in die Glieder.

„Jule?"

Sie antwortete nicht.
Samuel setzte sich neben sie und legte den Arm beschützend um ihre Schultern. Als Jule auch darauf nicht reagierte, sprach Sam sie noch einmal an.
„Jule, was ist passiert? Was machst du hier?"
Langsam drehte sich Jule zu ihm um.
„Samuel?", fragte sie leise.

Ihre Augen waren verquollen, ihr Gesicht kreidebleich und ihr ganzer Körper zitterte.
Wie sie hierher gekommen war, konnte sie nicht sagen. Sie erinnerte sich nicht mehr, sie hatte nur das Bild von Michael und Nelly im Kopf und war nicht in der Lage, es wieder loszuwerden.
„Komm mit, ich bringe dich erst einmal zu uns nach Hause. Dort kannst du mir alles erzählen."
Sam half Jule auf und brachte sie zum Wagen. Sie war noch immer etwas wackelig auf den Beinen, aber es ging ihr schon etwas besser als noch vor wenigen Stunden.

Sam hatte Mary kurz angerufen und ihr mitgeteilt, dass er Jule mitbringen würde.
Während der Fahrt hatte er es vermieden, Jule anzusprechen. Er wollte ihr Zeit geben, ihr Ruhe gönnen, denn er ahnte, dass etwas Furchtbares passiert sein musste und er ahnte auch, dass es mit ihrem Freund zu tun hatte.
Mary wartete bereits an der Tür, als die beiden kamen. Sie nahm Jule sofort an die Hand und führte sie ins Haus.
„Ich habe uns etwas Leckeres gekocht. Wir essen erst einmal und dann geht es dir sicher schon besser", sagte Mary beruhigend.
„Danke schön. Es tut mir Leid, dass ich euch auch noch Umstände mache. Das wollte ich nicht", bemerkte Jule leise und wieder füllten sich ihre Augen mit Tränen.
Mary winkte ab und nahm sie mit ins Esszimmer.
Es war ganz im Vintagestil gehalten. Der große Tisch bot mindestens 12 Personen Platz und jedes kleine Detail im Raum erinnerte an die Zeit um 1960.
Jule schaute sich um und fühlte sich sofort etwas wohler. Sie konnte sich kaum satt sehen an den herrlichen Dingen, die Mary offensichtlich so liebte.

Obwohl Jule keinen Appetit hatte, aß sie fast alles auf. Einerseits, weil sie nicht unhöflich sein wollte, andererseits weil es einfach köstlich war.

„Das Essen war einfach wunderbar", lobte sie Mary.

„Ja, ich sagte dir ja bereits im Cafe´, dass meine Granny eine sagenhaft gute Köchin ist", stimmte Sam ein und lächelte breit.

„Ich kümmere mich um den Abwasch und ihr beiden Frauen könnt euch bei einem Glas Wein ins Wohnzimmer zurückziehen", sagte Sam schließlich und zwinkerte dabei seiner Großmutter zu.

„Ach, er ist einfach ein Engel", lächelte Mary.

Nach dem guten Essen und dem ersten Schluck Wein ging es Jule wirklich schon etwas besser. Langsam realisierte sie, was geschehen war. Auch wenn es weh tat, sich damit auseinandersetzten zu müssen, musste sie es dennoch tun.

Sie begann Mary zu erzählen, was geschehen war. Auch davon, wie die Beziehung zwischen Nelly und Michael ihrer Meinung nach begonnen hatte und wie Michael schon am Vortag auf sie reagiert hatte.

„Ich hatte seit der ersten Begegnung der beiden das Gefühl, dass Nelly sich über Gebühr um Michael gekümmert hat, ja sich richtig an ihn

herangeschmissen hat. Und Michael, nun ja, er konnte und kann dieser wunderschönen Frau wohl einfach nicht widerstehen."
Die Tränen liefen ihr erneut über die Wangen. Es auszusprechen war dennoch sehr schmerzhaft.
Sie fühlte sich zerrissen, verletzt und gedemütigt. Das Gefühl, das sie als Kind schon des Öfteren hatte verspüren müssen, kam zurück. Das unbeschreibliche Gefühl des Alleinseins, des Abgeschobenwerdens und der Nichtbeachtung überkam sie, wie damals.
Niemals hatte sie zulassen wollen, dass ihr das wieder geschah. Seit sie Michael vor sechs Jahren kennengelernt hatte, war sie sich sicher, sich nie wieder so fühlen zu müssen.
Er hatte ihr Sicherheit gegeben, ein Zuhause, das sie nie wirklich hatte und das Gefühl von einer glücklichen Zukunft in einer Familie.
Doch genau dieser Mann hatte vor wenigen Stunden alles zerstört, woran sie geglaubt und wovon sie geträumt hatte.

Inzwischen hatte sich Samuel zu den Frauen gesellt und einen Teil des Gesprächs verfolgt.
„Es ist nicht ganz abwegig, dass sich Nelly an Michael herangemacht hat", bemerkte Sam nachdenklich.

„Wie meinst du das?" Jule blickte fragend auf.
„Ich denke, es ist eine Art Racheaktion von ihr. Dass du da mit hineingezogen wurdest, tut mir sehr Leid", sagte Sam traurig.
„Ja, aber muss sie dann gleich mit Michael schlafen?", rief Mary empört.
„Granny!", rief Sam ebenso empört.
Jule ließ ihren Blick zwischen den beiden hin und her wandern.
„Wovon redet ihr?", meinte sie schließlich.
Sam druckste herum, er wusste nicht, wie er es Jule erklären sollte.
Er begann zu berichten, dass es einen Streit zwischen Nelly und John gegeben hatte. Sie konnte und wollte ihm nicht verzeihen und kündigte ihm an, sich zu rächen.
„ Ging es darum, dass sie erfahren hat, dass er homosexuell ist?"
Jetzt starrten Mary und Samuel Jule sprachlos an.
„Du weißt davon?", fragte Sam ungläubig.
„Ja, wir wissen es. John selbst hat es uns in Dublin erzählt, als wir ihn dort kennengelernt haben. Er hat mir auch von dem Streit mit Nelly erzählt."
Nachdenklich senkte Jule den Kopf. Wenn das alles eine Racheaktion von Nelly gewesen war, verstand sie trotzdem nicht, warum Michael sich so schnell darauf eingelassen hatte. Würde er sie

lieben, hätte er ihr das nicht angetan, schon gar nicht innerhalb so kurzer Zeit.

Sie leerte ihr Glas und stand auf.

„Ich danke euch. Für das Essen und dafür, mir zugehört zu haben. Ich habe beschlossen, wieder zurück nach Deutschland zu fliegen. Vorher werde ich mich aber noch von Adam verabschieden."

„Aber Liebes. Ist das nicht alles ein wenig überstürzt?", fragte Mary. „Was hältst du davon, wenn du heute hier übernachtest? Das Haus ist wirklich groß genug. Morgen gehen wir zusammen zu der Grabstätte, die wir heute ausfindig gemacht haben. Was meinst du?"

Mary schaute Jule an und ihr Blick verriet, dass sie keine Widerworte hören wollte.

Jule fiel erneut auf, was Mary für eine schöne Frau war und auch früher gewesen sein musste. Obwohl sie sich erst seit kurzem kannten, kam ihr Mary unglaublich vertraut vor.

Da Jule im Moment wirklich nicht wusste, wohin sie gehen sollte, willigte sie ein und bedankte sich für das Angebot.

Entgegen aller Erwartungen schlief Jule in dieser Nacht sehr gut. Erst als sie erwachte, kamen die schrecklichen Bilder des letzten Abends wieder in ihr hoch.

Im Esszimmer wurde sie bereits mit Kaffee und einem Frühstück erwartet.

„Ihr seid so lieb. Ich weiß gar nicht, was ich sagen soll", bemerkte sie dankbar, als sie sich zu Mary und Samuel an den Tisch setzte.
„Wie geht es dir?", fragte Mary.
„Danke. Es geht mir ganz gut."

„Ich würde euch gerne zu der Grabstätte begleiten, wenn ihr nichts dagegen habt", meinte Sam, bevor er einen Bissen in den Mund steckte.
„Von mir aus sehr gerne", antwortete Jule.
Sie war dankbar, dass das Gespräch nicht wieder auf Michael kam.
Jule hatte sich entschieden. Sie würde es Michael nicht verzeihen können, egal, unter welchen Umständen es zu dieser Situation gekommen war. Michael hatte sie verletzt und gedemütigt. Unter diesen Umständen war es für sie undenkbar, überhaupt noch an eine Hochzeit mit ihm zu denken.

Auf der gemeinsamen Fahrt zu der Gedenkstätte gingen Jule unzählige Gedanken durch den Kopf. Die meisten drehten sich um Adam. Sie freute sich sehr darauf, ihn bald wiederzusehen und

vielleicht auch mit ihm darüber reden könnte, was sie zusammen mit Mary herausgefunden hatte.
Da es sich bei der Grabstätte um einen Ort handelte, an dem der Opfern des Luftangriffs von 1941, die nicht identifiziert werden konnten, gedacht wurde, war es nicht sicher, dass auch Adele dort begraben lag. Aber zumindest gab es einen Ort, vielleicht auch für Adam, den er besuchen konnte, um seiner Frau wieder nahe zu sein. Es tat Jule so Leid, nicht mehr herausgefunden zu haben, so gerne hätte sie Adams Seele ein wenig Heilung verschafft.
Sie wurde aus ihren Gedanken gerissen, als Samuels Handy klingelte.
Er schaute sich zu ihr um.
„Es ist John. Er hat mich auch gestern, nachdem du schlafen gegangen warst, angerufen und gefragt, ob ich wüsste, wo du und Michael steckt. Er hat mit dem Essen auf euch gewartet. Ich habe ihm nichts erzählt, ich hoffe, das war in deinem Sinn?"
Jule überlegte kurz. Das Abendessen hatte sie ganz vergessen.
Inzwischen war Sam an das Telefon gegangen.
Johns Stimme ertönte aus dem Lautsprecher.
„Alter Junge! Gerade hat mich Michael angerufen, du weißt schon. Er fragte, ob ich wüsste, wo Jule ist? Was ist da los verdammt? Hast du eine

Ahnung? Ich habe auch Nelly gefragt, aber sie redet so gut wie gar nicht mehr mit mir."
Sam schaute in den Rückspiegel, um Jules Reaktion abzuwarten, bevor er antwortete.
Sie nickte und senkte den Kopf.
Sollte er es doch erfahren. Schließlich ging es auch um seine Frau, was auch immer sonst zwischen den beiden vorgefallen war.
„Sie ist bei uns, John", meinte Sam kühl.
„Na dann ist es ja gut", sagte John erleichtert.
„ Aber das musst du Nelly und vor allem Michael nicht erzählen, sei so lieb", setze Sam hinzu.
„Was? Warum nicht? Was ist passiert? Geht es ihr gut?
Wieder schaute Samuel in den Rückspiegel, bevor er weitersprach.
„Es geht ihr gut. Es gab gestern einen kleinen Zwischenfall im Hotel. Jule hat deine Frau und Michael in einer mehr als eindeutigen Situation überrascht."
Für einen Moment schwieg John am Telefon.
„Mein Gott!", war seine Reaktion kurze Zeit später. „Ich hätte nicht gedacht, dass sie so weit gehen würde. Und dann auch noch mit Michael", meinte er trotz allem ungewöhnlich ruhig.
„Junge, du hast sie viele Jahre hintergangen, nichts könnte das je wieder gutmachen. Aber dass sie sich euren Freund aussucht und damit Jule

verletzt hat, geht eindeutig zu weit. Da gebe ich dir Recht!" Sam klang selbstbewusst und doch spürte man in seiner Stimme, wie nahe ihm die Sache ging.
„ Ich werde Michael nichts sagen. Ich hoffe, Jule geht es einigermaßen gut. Bitte grüße sie von mir und pass auf sie auf. Es tut mir alles so Leid." John legte auf, noch bevor Sam antworten konnte.
Mary hatte beruhigend die Hand auf Sams Unterarm gelegt und drehte sich zu Jule um.
„Alles in Ordnung?"
„Ja. Danke", antwortete Jule ruhig.

Wenig später waren sie angekommen.
Die Gedenkstätte lag hinter einem kleinen Park. Sie war nicht sehr groß und dennoch wunderschön hergerichtet. Alte Bäume säumten den sauber gemeißelten Stein, auf dem eine Innschrift zu lesen war. Umrahmt von Bänken hatte man hier die Möglichkeit, an die damaligen Opfer zu denken und sich ein wenig Ruhe zu gönnen.
Die drei hatten sich nebeneinander auf eine der Bänke gesetzt. Sam hielt Marys Hand und griff mit der anderen nach Jules Hand.
„Du hast ebenfalls wunderschöne Hände. Ich hätte gern noch Gelegenheit gehabt, sie zu zeichnen", meinte er verträumt.

Sie sah ihm in die Augen, antwortete jedoch nicht. Samuel war ein ausgesprochen charmanter Mann, der sehr wohl verstand, mit seinen Mitmenschen umzugehen.
Jule lächelte und Samuel tat es ebenfalls. Unter anderen Umständen hätten sie sich sicher sehr gut verstanden und vielleicht auch etwas näher kennengelernt.
Doch Jule schob diesen Gedanken sofort wieder beiseite. Momentan war das kein guter Zeitpunkt, über solche Dinge nachzudenken. Sie zog ihre Hand zurück und stand auf.
„Ich würde gerne dort vorne in dem kleinen Floristikladen ein paar Blumen kaufen, um sie hier niederzulegen. Ich bin gleich zurück", meinte sie.
Sam schaute ihr hinterher und hing seinen Gedanken nach.
Plötzlich bemerkte er, dass Marys Griff etwas härter wurde. Als er sie ansah, glitzerten Tränen in ihren Augen.
„Granny, was ist los?", fragte er besorgt.
„Ach, Junge, durch Jules Geschichte und ihre Recherchen wurde ich an meine eigene Geschichte erinnert. Wir sitzen hier und gedenken derjenigen, die damals umgekommen sind und ich habe es nicht einmal fertiggebracht, den letzten

Wunsch meiner Mutter zu erfüllen." Mary schluchzte.
Samuel starrte sie fragend an.
„Was meinst du damit?", wollte er wissen.
„Ich schäme mich so dafür, aber ich wollte einfach mein Leben nicht infrage stellen, es sollte alles so bleiben, wie es war. Sie hat mir Angst gemacht, auf dem Sterbebett. Ich wollte nichts davon hören." Sie konnte sich kaum beruhigen.
„Granny, rede mit mir! Wovon sprichst du? Was wollte deine Mutter damals von dir?"
Mary löste sich aus Samuels Hand und stand vorsichtig auf.
„Lass uns ein paar Schritte gehen", bat sie ihren Enkel. Das Wetter war traumhaft, die Sonne schien hell in den kleinen Park, vorbei an den dicht bewachsenen Bäumen und tauchte die Umgebung in ein wundervoll warmes Licht.
„Es ist fast 20 Jahre her, dass deine Urgroßmutter starb, falls du dich erinnerst. Ich war damals an ihrem Bett. Sie bat mich eindringlich, eine kleine Holzkiste aus ihrer Vitrine zu holen. Ich tat es natürlich. Mir war zu diesem Zeitpunkt nicht klar, dass es zu Ende ging und dass es ihr sehr wichtig war. Ich sollte diese Kiste in ihrem Beisein öffnen.
Es befand sich ein Brief darin, den sie selbst vor einiger Zeit geschrieben hatte. Damals sagte sie:

Mary, ich liebe dich von ganzem Herzen und ich bin dankbar, deine Mutter gewesen zu sein. Du warst und wirst immer unsere Tochter bleiben. Doch du musst nach meinem Tod diesen Brief lesen, du hast ein Recht darauf.
Wenige Minuten später schlief sie für immer ein. Ihre Worte hatten mich durcheinandergebracht, ich war verwirrt und durch ihren Tod so in meiner Trauer gefangen, dass ich diesen Brief zurück in die Kiste legte und nicht wieder darüber nachdachte. Erst Jahre später fiel mir die Kiste wieder in die Hand, doch ich brachte es nicht fertig, diesen Brief zu lesen, obwohl es ihr Wunsch gewesen war. Ich hatte einfach Angst vor dem, was darin stehen könnte. Meine Welt sollte nicht ins Wanken geraten."
Sam wusste nicht, was er sagen sollte. Er konnte Mary einerseits sehr gut verstehen. Das Schicksal hatte seiner Familie sehr übel mitgespielt. Wenige Jahre später verunglückten seine Eltern tödlich und Mary war mit ihm allein. Sie hatten eine schwere Zeit zusammen durchlebt und überstanden. Doch vielleicht war es jetzt endlich auch an der Zeit, dem Wunsch seiner Urgroßmutter nachzukommen.
Mary war stehengeblieben und blickte nachdenklich auf den Gedenkstein.

Jule war inzwischen zurück und hatte die Blumen niedergelegt. Als sie die beiden sah, lief sie ihnen ein Stück entgegen. Sie bemerkte sofort, dass Mary geweint hatte.

„Mary, geht es dir gut?", fragte auch sie besorgt.

Mary lächelte und strich Jule beruhigend über die Wange.

„Aber natürlich. Es geht mir gut. Ich habe mich nur daran erinnert, dass ich auch noch ein Stück meines Lebens aufzuarbeiten habe. Du und die Geschichte dieses Adam hat mir gezeigt, dass man Dinge, die anderen wichtig sind, nicht einfach ignorieren darf, nur weil man vielleicht selbst Angst davor hat."

Jule schaute Mary und Sam verständnislos an.

„Ist schon in Ordnung", meinte Samuel.

„Granny und ich müssen wohl noch eine Familienangelegenheit klären."

Zusammen liefen sie zurück, nahmen sich noch ein paar Minuten Zeit, um der Unbekannten Opfer des Luftangriffs zu gedenken und gingen schließlich zurück zum Wagen.

„Wie soll es jetzt weitergehen?", fragte Samuel, als sie wieder im Wagen saßen.

„Wenn es dir nichts ausmachen würde, würde ich dich bitten, mich noch zum Hotel zu fahren. Ich würde gerne meine Sachen holen und dann mit

dem Mietwagen zurück zu Adam fahren. Ich habe nur ein bisschen Sorge, Michael anzutreffen. Dafür bin ich noch nicht bereit", sagte Jule.
„Aber sehr gerne", antwortete Samuel.
Der Wagen stand vor dem Hotel. Michael war aber nicht auf dem Zimmer. Er hatte Jule einen Zettel hinterlassen:

„Jule, bitte, wir müssen reden. Ich suche dich schon überall. Wenn du das hier liest, bleibe bitte im Hotel. Ich weiß nicht, wie ich dich sonst finden soll. M."

Jule warf den Zettel zurück auf das Bett, packte ihre Sachen zusammen und nahm den Autoschlüssel an sich.
Sie wäre jetzt nicht in der Lage, mit ihm zu reden, noch nicht. Sie musste gehen.
Mary und Samuel warteten noch immer unten am Wagen.
Herzlich nahm Mary sie in die Arme.
„Ich bin so dankbar, euch kennengelernt zu haben. Danke für alles."
„Ah Liebes! Du bringst mich zum Weinen. Ich hoffe darauf, dich wiederzusehen. Ich habe dich sehr lieb gewonnen."

Mary war gerührt und auch Jule standen die Tränen in den Augen.

„Ein Wiedersehen kann ich dir nicht versprechen, aber wir bleiben in Verbindung", sagte Jule traurig.

Sie wandte sich Samuel zu, der ebenfalls traurig auf sie herunterschaute.

„Lieben Dank auch dir, Samuel. Für alles."

Jule nahm seine Hände. Sie waren weich und dennoch stark. Sie verabschiedete sich ungern von ihm, das spürte sie jetzt mehr denn je.

Samuel umarmte sie und hielt sie lange fest.

„Pass bitte auf dich auf und melde dich bitte ab und an." Er gab ihr einen Kuss auf die Wange und Jule spürte für einen kurzen Moment seine weichen Lippen auf ihrer Haut. Sie genoss diese zärtliche Berührung mehr, als sie zugeben wollte.

Als sie sich voneinander gelöst hatten, gab ihr Sam noch einmal eine Karte mit seiner Telefonnummer und Jule erklärte ihm, wohin sie fahren würde.

Es war zwar nicht ganz einfach, Adams Adresse zu beschreiben, aber das war ja auch nicht nötig. Falls Michael nach ihr fragen würde, wusste Sam zumindest Bescheid.

Samuel sah Jule noch lange nach. Er würde sie vermissen. Sehr sogar.

22

Nach einer Stunde hielt Jule in einer Kleinstadt an, um etwas zu essen.
Sie setzte sich in das Diner, biss herzhaft in ein Gebäckstück und trank einen Schluck Kaffee.
Jetzt war sie also allein unterwegs. Die geplante Reise mit ihrem zukünftigen Mann hatte eine unerwartete Wendung genommen. Ihre Zukunft, die noch vor wenigen Tagen so klar vor ihr gelegen hatte, lag nun in Scherben. Alles hatte sich geändert.
Jule dachte darüber nach, wie alles hätte laufen sollen, die Reise durch dieses Land, das ihnen so viel bedeutete, an die bereits geplante Hochzeit, an Kinder, die es jetzt mit Michael nicht mehr geben würde.
Was würde sie tun, wenn sie nach Hause, in die gemeinsame Wohnung zurückkam? Würde Michael nachkommen? Würden sich sich einigen können? Oder sofort trennen?

Mit einem Mal kam ihr Adam in den Sinn und die trüben Gedanken waren für einen Augenblick verflogen.
Das war jetzt ihr Ziel. Zu ihm zu fahren, mit ihm zu reden, noch ein wenig Zeit mit ihm zu

verbringen. Das war im Moment für Jule wichtig. Nicht, wie ihre Zukunft ohne Michael aussehen würde. Darüber nachzudenken hatte sie zu Hause noch genug Zeit.
Entschlossen nahm sie ihren Kaffee und ging zurück zum Wagen. In weniger als zwei Stunden müsste sie bei ihm sein.

Es hatte wieder zu regnen begonnen. Zu dieser Jahreszeit war es nicht ungewöhnlich, aber dennoch wurde es Adam ab und an zu viel. Zumal er gerade angefangen hatte, Adeles kleinen Garten wieder ein wenig aufzuräumen.
Es ging nur langsam, er spürte seine alten Knochen, er musste oft ausruhen, aber er machte dennoch stetig weiter und die Fortschritte waren bereits zu sehen.
Seit Jule und Michael bei ihm gewesen waren, hatte er viel an seine Frau gedacht und sich darüber geärgert, ihr Andenken so viele Jahre nicht erhalten zu haben.
Als er gerade mit seinem alten Handwagen aus dem Garten in den Hof zurückkam, blieb er erschrocken stehen.
Jule stand vor ihm, allein, ohne Michael. Durchnässt und den Tränen nahe.
Er war so froh, sie zu sehen, dass er den Handwagen stehen ließ und auf sie zulief.

Jule lief ihm ebenfalls entgegen und drückte ihn sofort fest an sich.
„Kleines, was ist denn passiert? Komm erst einmal herein, du bist ja schon ganz nass!", forderte er sie auf und ging mit ihr zum Haus.

Drinnen war der Kamin geschürt, es war kuschelig warm und heimelig. Jule fühlte sich, als wäre sie zu Hause, geborgen, erlöst von den Erlebnissen der letzten Tage.
Nachdem Adam Tee gekocht und Jule eine dicke Decke gebracht hatte, setzte er sich zu ihr und ließ sich alles erzählen.
„Dann hast du dir den Wagen genommen und bist einfach losgefahren?", fragte Adam, als Jule geendet hatte.
Sie nickte nur und zuckte mit den Schultern.
„ Gutes Kind! Das hätte ich an deiner Stelle auch getan!", gab ihr Adam Recht.
„Ich habe bereits, als ihr zusammen bei mir wart, kein gutes Gefühl gehabt. Ich kann nicht sagen, warum. Bei Adele und mir war die Liebe bedingungslos, sie war überall zu spüren, in jedem Blick und in jeder Geste."
Adam hatte mehr oder weniger für sich gesprochen, aber Jule musste ihm zustimmen. Wenn ihre Liebe wirklich stark genug gewesen

wäre, ehrlich und ebenso bedingungslos, hätte Michael sie nie betrogen.

Inzwischen war es Abend geworden.
Adam schlief auf seinem Sessel, als Jule ihm einen Tee brachte. Sie könnte ihm mit einem Abendessen eine Freude machen, dachte sie und schaute in der Vorratskammer nach. Es war nicht mehr viel da, doch sie würde schon etwas Gutes zaubern.
Da sie ohnehin vorhatte, am nächsten Tag in das kleine Dorf zu fahren, um den Wagen zurückzugeben, könnte sie auch noch einmal für Adam einkaufen.
Vom dem leckeren Duft aus der Küche geweckt, stand Adam auf und schaute nach Jule.
„Adam, du kommst genau richtig. Das Essen ist fertig. Bitte setze dich", bat ihn Jule.
Als sie sich noch einmal herum drehte, bemerkte sie, dass Adam sich am Tisch festhielt und die Augen geschlossen hatte.
„Adam!", rief sie und eile zu ihm. „Geht es dir nicht gut?" Jule wurde panisch.
Adam war kreidebleich. Sie half ihm, sich hinzusetzen und brachte ihm ein Glas Wasser.
„Keine Angst, es geht schon wieder. Ich bin nur ein wenig wackelig auf den Beinen.

Wahrscheinlich bin ich zu schnell aufgestanden", meinte Adam ruhig.
Noch immer schaute Jule besorgt.
„Bist du sicher? Soll ich nicht lieber einen Arzt rufen?", sagte sie.
„Ach nein. Es dauert sehr lange, bis er da wäre. Glaube mir, es ist alles gut. Die Arbeit im Garten ist doch anstrengender, als ich dachte. Ich muss mich wohl damit abfinden, dass ich über 90 Jahre alt bin", grinste er frech, wie ein kleiner Junge.
„Über 90 Jahre?", fragte Jule verwundert. Das konnte sie gar nicht glauben. Adam war ein rüstiger Mann, erstaunlich, dass er in seinem Alter noch bei so guter Gesundheit war.
„Ja", lachte er. „ Aber auch in meinem Alter hat man Hunger." Wieder zog er spitzbübisch die Braue hoch, so dass Jule unweigerlich zu lachen anfing.
„Aber natürlich, Sir!", sagte sie gespielt unterwürfig.
Beim Essen sprachen sie darüber, wie es mit Jule weitergehen sollte. Sie erklärte Adam, dass sie den Wagen bei Ray abgeben und nachfragen wollte, ob er sie eventuell zum Flughafen nach Dublin fahren würde.
„Du willst also so bald wie möglich wieder nach Hause, oder?" Adams Stimme klang traurig.

„Ich hatte gehofft, du bleibst noch ein paar Tage. Seitdem wir uns begegnet sind, finde ich Gesellschaft gar nicht mehr so schlimm", meinte er und verzog den Mundwinkel. „Und, du könntest mir im Garten helfen", versuchte er sie zum Bleiben zu überreden.
Jule war gerührt. Sie legte ihre Hand auf seine.
„Ich helfe dir natürlich gerne", sagte sie und entlockte Adam damit ein breites Lächeln.

Als sie am nächsten Tag aus dem Dorf zurückkam, werkelte Adam schon wieder im Garten. Sie trug den Einkauf in die Küche und ging zu ihm.
„Ray meinte, es wäre kein Problem, den Wagen noch zu behalten. Er würde mich auch jederzeit nach Dublin fahren."
„Na siehst du. Hilfst du mir jetzt?", sagte Adam ungeduldig und versuchte, einen kleinen Busch herauszuziehen, der ihm wohl einfach im Weg war. „Es dauert bestimmt nur ein paar Monate, bis wir hier fertig sind!", fügte er missmutig hinzu.
Jule musste lachen, übernahm aber sofort die Arbeit.
Als sie sich später umschaute, bemerkte sie, dass Adam bereits erstaunlich viel geschafft hatte.
Das Dach der Hütte war durch Balken gestützt worden und der Raum war aufgeräumt und

sauber. Auch der Garten sah inzwischen sehr gut aus, lange nicht mehr so verwildert wie noch Tage zuvor.

Hatte er das alles allein gemacht?

Unglaublich!

Adam hatte sich auf die kleine Bank vor die Hütte gesetzt. Zufrieden betrachtete er, wie aus dem ehemals überwucherten Garten wieder ein schönes Fleckchen der Entspannung und Erinnerung wurde. So, wie es für Adele immer hatte sein sollen. Durch Jule hatte Adam zu seiner Frau zurückgefunden, ohne die Trauer und Verbitterung der letzten Jahrzehnte. Er hatte endlich wieder daran zurückgedacht, dass es auch eine sehr glückliche Zeit gegeben hatte, die es so viel wert war, für immer bewahrt zu werden.

Im Gegensatz zu dem gestrigen Tag war dieser wunderschön. Der Sommer lag in den letzten Zügen und überraschte mit unglaublicher Wärme und einem beruhigenden, lauen Wind. Wenn Adam die Augen schloss, erspürte er die Vergangenheit zurück, die kostbaren Stunden mit seiner Frau an diesem Ort, die ihn zum glücklichsten Menschen gemacht hatten, den es je gegeben hatte.

Er sah Adele durch den Garten laufen, ihr wunderschönes Haar im Wind wehen, ihr zauberhaftes Lächeln, das ihn vom ersten

Augenblick an fasziniert hatte und er fühlte wieder diese starke Bindung zu seinem ungeborenen Kind, dass ihm genommen worden war, bevor er es in den Armen halten durfte.
Er dachte an den Nachmittag zurück, als Adele ihm das Bild gezeigt hatte, worauf seine und die kleine Hand ihres gemeinsamen Kindes zu sehen waren. Ein Lächeln huschte ihm über das Gesicht, als ihm die liebevollen Streitigkeiten einfielen, wenn es um das Geschlecht des Kindes ging.
Leise rollten ihm Tränen über die gealterten Wangen. Aber es waren nicht mehr nur die Tränen der Trauer, sondern auch Tränen der Dankbarkeit für diese kurze, aber erfüllte Zeit.
Adam bemerkte, dass Jule ihren Arm um ihn gelegt hatte.
Er öffnete die Augen und sah sie an.
Auch sie würde die Liebe in ihrem Leben noch finden, davon war er überzeugt. Sie war eine bemerkenswerte junge Frau.
„Danke", sagte er schließlich.
Jule schaute ihn verwundert an.
„Danke, dass du Adele zurück in mein Herz gebracht hast", fuhr er fort.
Jule antwortet ihm, indem die ihren Kopf sanft auf seine Schulter legte.

„Ich hätte dir gerne mehr geholfen. Aber ich habe in Belfast nicht viel erfahren", sagte sie dann leise.
Adam schaute sie fragend an.
Gefasst setzte sich Jule auf und berichtete ihm von ihren wenig erfolgreichen Recherchen in der Linenhall Libray.
Adam schwieg. Sein Blick verriet nicht, was in seinem Kopf vorging.
„Ich war bei dieser Gedenkstätte, die für die Opfer des Luftangiffs, die nicht identifiziert werden konnten, erbaut wurde. Ich bin nicht sicher, ob es auch Adels letzte Ruhestätte ist, aber ich habe Blumen niedergelegt in der Hoffnung, sie vielleicht gefunden zu haben."
Jule schwieg und wartete auf eine Reaktion Adams, doch es war vergeblich.
Schwerfällig stand er auf und schaute hinauf in den Himmel. Er brauchte eine Weile, bis er sich wieder zu Jule herumdrehte, die gebannt da saß und wartete. Er streckte seine Hand nach ihr aus.
„Komm, wir gehen ins Haus. Ich bin hungrig."
Jule stütze Adam auf dem Weg zurück.
„Warst du eigentlich mit Adele verheiratet?", fragte sie nach, als ihr wieder einfiel, dass sie bereits bei ihren Recherchen darüber gegrübelt hatte.
Adam nickte.

Plötzlich fiel Jule die Liste wieder ein, die ihr Mary noch gegeben hatte. Sie hatte sie schon fast vergessen, nach all dem, was zwischenzeitlich passiert war.

„Darf ich dir noch etwas zeigen? Womöglich brauche ich deine Hilfe", meinte sie euphorisch.

Ohne eine Antwort abzuwarten, holte Jule die Liste aus ihrer Tasche.

„Ich habe hier noch eine Auflistung der Einwohner Belfasts und ihre zugehörigen Geburtsdaten und Anschriften. Es ist durchaus möglich, darüber noch einen Hinweis zu finden. Möchtest du mir helfen, sie durchzusehen?", fragte Jule vorsichtig nach.

Adam hatte geschwiegen, seit sie aus dem Garten zurück waren.

Möglicherweise war Jule wieder zu weit gegangen, doch sie mochte eben auch nicht die kleinste Möglichkeit auslassen, doch noch etwas über Adele zu erfahren. Sie hatte das Gefühl, es Adam schuldig zu sein.

Traurig sah er sie an.

„Ach Kind, du kannst es aber auch einfach nicht lassen. Aber ich schätze es auch sehr, dass du versuchst mir zu helfen. Also gut, lass uns gemeinsam diese Liste durchsehen.", meinte er schließlich ruhig.

Den Namen Churchan gab es in Belfast sehr häufig. Es dauerte eine ganze Weile, bis Jule zumindest ein paar relevante Personen herausgefiltert hatte, die möglicherweise infrage kommen könnten.

Das hieß aber noch lange nicht, dass sie tatsächlich in irgendeiner Verbindung zu Adele stehen würden.

Überhaupt war es eher unwahrscheinlich, dass der Name den Hinweis geben könnte, wenn sie es sich recht überlegte.

Adam hatte sich mit einem anderen Teil der umfangreichen Liste in das Wohnzimmer zurückgezogen.

„Ich denke, ich habe sie gefunden!", rief er plötzlich laut, sodass Jule sofort aufsprang und zu ihm lief.

„Was meinst du damit, du hast sie gefunden?", fragte sie ungläubig.

„Diese Akten sind wirklich sehr akribisch geführt worden. Hier steht ihr Name", meinte Adam und reichte Jule den Zettel.

„Adele Monroe, geboren am 12.06.1923 in Belfast", las Jule laut vor.

Mutter und Vater waren aufgeführt und auch eine Anschrift, in der die Familie wohl früher gemeldet war. Sonst nichts.

Monroe?

Jule schaute Adam ungläubig an.
„Aber…?", begann sie, bis es ihr wie Schuppen von den Augen fiel.
Oh Gott, natürlich! Wieso war sie nicht selbst darauf gekommen?
Die ganze Zeit hatte sie nach dem Namen Chuchan gesucht!
Doch das war nicht Adeles Geburtsname!
Und als sie dann zurück nach Belfast kam, als verheiratete Frau, mit dem Namen Churchan, wurde sie doch gar nicht dort registriert!
Sie war nur zu Besuch, um sich mit einem Anwalt zu treffen!

Es war einfach aussichtslos
Jule vergrub verzweifelt das Gesicht in ihren Händen.
Sie hatte sich so in eine Idee verrannt, dass sie das Offensichtliche einfach übersehen hatte.
„Es tut mir so Leid, Adam", flüsterte sie leise.

„Jule", begann Adam schließlich beruhigend auf sie einzureden.
„Ich sagte dir doch, dass sie nur noch eine Tante hatte, als ich sie kennenlernte. Ich weiß auch nur, dass sie Rose hieß, mehr auch nicht. Ich traf sie ja

nur einmal ganz kurz. Wir würden also auch unter dem Namen Monroe nichts weiter finden, da Adele keine weiteren Familienmitglieder hatte."
Jule schaute auf.
„Ja, ich erinnere mich. Sie war auch nicht auf dieser Liste der Opfer zu finden. Sie kann doch nicht einfach spurlos verschwunden sein?"
Adam sah in das traurige und verzweifelte Gesicht der jungen Frau, die er erst seit kurzer Zeit kannte und doch schon so sehr mochte.
„Leider habe ich genau das über die vielen Jahre begreifen müssen."
Nachdenklich schaute er in das lodernde Feuer des Kamins.

„Würdest du noch einmal mit mir dorthin fahren? Nach Belfast? Zu dieser Gedenkstätte?", fragte er schließlich.
Jule war gerührt und bewunderte Adam gleichzeitig für seine unglaubliche Stärke.
„Ja, natürlich. Sehr gerne."
Das leise Danke von Adam klang erstickt, doch Jule verstand es…

23

Nach einem herrlichen Tag hatte sich am Abend der Regen zurückgemeldet.
So wie an den letzten Tagen, an denen sie tagsüber im Garten gearbeitet hatten, saß Adam nun vor dem Kamin.
Jule war in die Küche gegangen, um einen Tee zu machen.
Der Regen prasselte gegen die Fensterscheiben, ein stetiges Klopfen, immer wieder unterbrochen durch einen Windstoß, der sich fast unheimlich anhörte.
Als Jule mit den Teetassen zurück in das Wohnzimmer gehen wollte, hörte sie an der Haustür ein leises Geräusch, das gar nicht so recht zum Regen passen wollte.
Es klang eher wie ein dumpfes Pochen gegen die alte Holztür.
Verwundert blieb Jule stehen und versuchte, durch die kleine Scheibe in der Tür etwas zu erkennen.
Es konnte gut sein, dass sich durch den starken Wind eine Schindel oder ähnliches gelöst hatte und nun unaufhörlich gegen die Tür schlug.

Doch was sie vor der Tür sah, ließ ihr das Blut in den Adern gefrieren!

Vor Schreck fielen ihr die Tassen aus der Hand und sie trat einen Schritt zurück.
Adam rief sofort und fragte, ob alles in Ordnung wäre, doch Jule war nicht gleich in der Lage zu antworten.
Vor der Tür stand ein Mann!
Er trug eine dunkle Jacke mit einer Kapuze über dem Kopf!
Was, wenn es ein Einbrecher war?
Was sollten sie und ein alter Mann gegen ihn ausrichten?
Andererseits, würde ein Einbrecher anklopfen?
Sie konnte und durfte Adam jetzt nicht verunsichern, doch was sollte sie tun?
Jule nahm all ihren Mut zusammen und atmete tief durch.
„Alles gut, ich habe nur die Tassen fallen lassen…"
Erneut klopfte es.
Vorsichtig nahm sie den Türknauf in die Hand und drückte ihn langsam herunter.
Ihre Hand zitterte, aber schließlich öffnete sie entschlossen die Tür.
Der Mann stand noch immer da. Er blickte auf, schob die Kapuze herunter und sah Jule direkt in die Augen.
Ihr Herz schlug ihr bis zum Hals.
„Samuel!?"

„Was tust du hier?", stotterte sie.
Erst jetzt erkannte sie, dass auch Mary etwas abseits neben ihm stand.
Überrascht sah sie die beiden an.
Drinnen hörte sie Adam erneut rufen.

„Gott, was macht ihr hier?
Um diese Zeit? Kommt herein, ihr seid ja ganz nass."
Im Licht der Küche sah Jule in die bleichen Gesichter ihrer Freunde.
„Was ist passiert? Ihr seht schrecklich aus!"
Noch immer hatte keiner der beiden geantwortet.
Bis Sam als erster das Wort ergriff.

„Jule, es ist nicht so einfach zu erklären, warum wir um diese Zeit hier auftauchen. Wir wollten einfach keine Minute mehr verstreichen lassen", meinte er seltsam ruhig.
Jule schüttelte verständnislos den Kopf.
Die furchtbarsten Gedanken kamen ihr plötzlich in den Sinn.
Ist etwas mit Michael?
Oder Nelly und John?
Ihr wurde richtiggehend übel.

„Bitte, sagt mir, was los ist. Ihr macht mir Angst."

Adam war inzwischen aus seinem Sessel aufgestanden und in die Küche gekommen, weil Jule ihm nicht mehr geantwortet hatte.
Erst sah er das Malheur am Boden, bevor er mitbekam, dass Jule nicht allein war.
„Wer sind Sie?", fragte er ungewöhnlich laut.
Doch seine Stimme erstarb mit einem Mal.
Er tastete sich an den Tisch und setzte sich langsam auf den Stuhl.
Sein Blick wich nicht von Mary, die ihn ebenfalls keinen Moment aus den Augen ließ.
Adam sah aus, als hätte er einen Geist gesehen. Sein Gesicht war kreidebleich, sein sonst so freundliches Gesicht war erstarrt und sein tatsächliches Alter war plötzlich darin abzulesen.
Besorgt eilte Jule zu ihm.
„Adam? Was ist mit dir? Geht es dir gut?"
Er sagte nichts, ergriff aber hilfesuchend ihre Hand.

„Das sind Samuel und Mary. Ich hatte dir von ihnen erzählt. Mach dir keine Sorgen, sie sind Freunde von mir." Fragend schaute sie wieder zu Sam, als erhoffte sie sich so eine Erklärung für ihr spätes Erscheinen.
„Mary", flüsterte Adam leise.

Mary hatte inzwischen ihre Jacke ausgezogen und sich Adam gegenübergesetzt.

„Mr. Churchan, es gibt etwas, worüber wir mit Ihnen reden müssen." Marys Stimme klang gefasst, aber dennoch spürte man, dass es ihr sehr schwer fiel, ruhig zu reden.

„Vielleicht sollten wir hinüber ins Wohnzimmer gehen. Dort ist es etwas gemütlicher", meinte Jule, um die Stimmung etwas aufzulockern und ohne zu wissen, was hier vor sich ging.

„Das ist eine gute Idee Liebes. Du weißt doch sicher noch, wo mein guter Whisky steht?", fragte Adam.

Jule nickte verständnislos.

„Hol ihn uns bitte."

Er stand behäbig auf und Mary folgte ihm.

Jule schaute Sam dabei mit großen und ängstlichen Augen an. Sie konnte sich einfach nicht erklären, was hier passierte.

Doch Samuel nickte ihr beruhigend zu.

Wenig später saßen die vier vor dem Kamin. Erwartungsvoll schaute Jule auf Mary, die sich sichtlich schwer tat, die Unterhaltung zu beginnen.

„Mr. Churchan, ich weiß nicht, wie ich beginnen soll. Ich versuche es einfach, wenn Sie nichts dagegen haben."
Adam sagte nichts, gab aber stumm seine Zustimmung.

„Als ich vor einigen Tagen mit meinem Enkel und Jule eine Grabstätte in Belfast besuchte, wurde mir plötzlich ein Teil meiner eigenen Geschichte schmerzlich bewusst."
Mary schluckte und versuchte, die Fassung zu bewahren.
„Durch Ihre Geschichte, die ich von Jule erfahren habe, wurde mir bewusst, dass ich die letzten Worte meiner Mutter nicht einfach hätte vergessen oder ignorieren dürfen.
Meine Mutter hatte mir vor vielen Jahren an ihrem Sterbebett einen Brief übergeben mit den Worten, dass ich immer ihre Tochter war und es immer sein werde, aber auch erfahren sollte, was sie aufgeschrieben hatte. Mir hat die Aussage Angst gemacht, und so habe ich diesen Brief nach ihrem Tod nicht gelesen. Erst Jahre später fiel er mir wieder in die Hände, aber auch da hatte ich nicht den Mut, mich dieser Angst zu stellen.
Erst als wir vor diesem Denkmal standen, ist mir plötzlich bewusst geworden, dass es ein Herzenswunsch meiner Mutter gewesen war und

ich ihre Zeilen so viele Jahre einfach missachtet habe. Das hätte ich niemals tun dürfen!"

Mary beendete ihren Satz und zog einen Brief, der allem Anschein nach schon sehr alt sein musste, aus ihrer Tasche.
Noch immer verwundert sah ihr Jule dabei zu. Samuel saß inzwischen neben ihr und hielt ihre Hand.
Jule ließ es zu. Sie war viel zu sehr damit beschäftigt, sich ein Bild von dem zu machen, was hier vorging.
Mary fuhr langsam fort.
„Das ist der Brief meiner Mutter. Wenn Sie nichts dagegen haben, würde ich Ihnen den Brief gerne vorlesen", sagte sie zu Adam.
Er schaute zu Jule und Sam. Er schien verunsichert. Auch Jule konnte sich nicht erklären, was das mit Adam zu tun haben sollte und sie zuckte unwissend mit den Schultern. Schließlich stimmte Adam mit einem Nicken zu.
Mary atmete tief durch und begann zu lesen:

Meine liebste Mary!

Wenn Du diese Zeilen irgendwann liest, bin ich wahrscheinlich nicht mehr bei Dir und ich hoffe, Du kannst mir verzeihen, dass ich es nie übers Herz gebracht habe, Dir persönlich davon zu erzählen, wie du unser Sonnenschein geworden bist.
Doch du sollst es erfahren.
Vielleicht erinnerst Du Dich daran, dass wir ab und an einmal über das Jahr gesprochen haben, in dem Du geboren wurdest. Es war das Jahr des Luftangriffes der Deutschen auf Belfast, bei dem viele, viele Menschen starben. Ich war in dieser Nacht mit Deinem Vater zu Hause. Nicht weit weg von unserem Haus schlugen die Geschosse ein und zerstörten innerhalb weniger Stunden einen großen Teil der Stadt. Wir saßen einfach nur da und beteten, dass uns nichts passieren würde und dafür, dass niemand, den wir kannten, bei dem Angriff ums Leben kommen würde. Wir befanden uns in einer Art Schockzustand.
Stundenlang bewegten wir uns nicht, sondern starrten uns nur und hörten draußen diesen Höllenlärm, der uns vorkam wie das Ende der Welt. In den frühen Morgenstunden, als alles vorbei schien, gingen Dein Vater und ich hinaus.

Das Bild, das sich uns bot, wird für immer in meinem Kopf bleiben. Die Morgendämmerung, die das Grauen immer mehr hervorbrachte, hing wie ein dunkler Schleier über der Stadt.
Zuerst dachten wir, es wäre der Nebel, der sich zusätzlich über die Straßen gelegt hatte, aber wenig später bemerkten wir, dass es der Rauch der brennenden Häuser war. Es stank erbärmlich und überall hallten Schreie durch die trügerische Stille des Morgens.
Wir folgten den Schreien, wollten helfen, wo es nur ging. Viele Menschen, die wir fanden, waren glücklicherweise nur leicht verletzt, sehr viel mehr von den Betroffenen waren bereits tot. Dein Vater räumte stoisch den Schutt der getroffenen Häuser beiseite, in der Hoffnung, noch Leben darunter zu entdecken.
Ich konnte ein Wimmern hören, doch ich konnte nicht deuten, woher es kam. Zunächst nahm ich an, mich verhört zu haben, zu viele Schreie waren zu hören, die dann immer wieder verstummten. Aber ich folgte genau diesem Geräusch, diesem leisen Wimmern, dass ich nicht mehr aus dem Kopf bekam.
Und dann fand ich sie.
Sofort rief ich Deinen Vater zu mir.
Unter einem Balken und herausgebrochenen Schieferplatten lag eine junge Frau.

Sie war schwer verletzt, überall war Blut, sie konnte sich nicht mehr bewegen, ihre Beine waren eingeklemmt und...sie war schwanger.
Wir schafften es gemeinsam, diese Frau unter den Trümmern hervorzuholen und Dein Vater hat sie zu uns nach Hause gebracht.
Ich habe mich so gut es ging um sie gekümmert, während Dein Vater losrannte, um einen Arzt zu finden.
Immer wieder versuchte ich, mit ihr zu reden, sie wachzuhalten, ihr zu versichern, dass alles wieder gut werden würde, aber ihre Tränen verrieten mir, dass sie mir nicht glauben konnte.
Erst viele Stunden später kam Dein Vater zurück. Allein.
Die junge Frau krümmte sich vor Schmerzen. Wir wussten nicht, was wir tun sollten.
Sie war verwirrt und murmelte unverständliche Sätze vor sich hin. Immer die gleichen.
Ich fragte nach ihrem Namen, doch ich verstand sie nicht. Wir taten unser Möglichstes, um ihr zu helfen.

Marys Stimme erstarb. Sie war nicht mehr in der Lage, ihre Tränen unter Kontrolle zu halten.
Samuel eilte zu ihr und wiegte sie tröstend in seinen Armen, bis sie sich langsam wieder beruhigte.

Adam sah den beiden zu, sagte jedoch kein Wort. Sein Blick war nicht zu deuten, er saß nach wie vor starr in seinem Sessel, das Whiskeyglas in seiner Hand.
Als sich Mary nach einiger Zeit wieder etwas gefasst hatte, schaute sie kurz zu Adam und las weiter:

In der darauffolgenden Nacht wurde ihr Kind geboren.
Überwältigt über dieses Wunder, legten wir das kleine Bündel auf die Brust der jungen Frau. Sie war sehr schwach, sie hatte viel Blut verloren, zu viel.
Sie sah den kleinen Engel an, lächelte unter Tränen und küsste ihn vorsichtig auf den Kopf.
Dann sah sie mich an und bat mich mit einer schwachen Handbewegung, zu ihr zu kommen.
Leise, kaum hörbar, flüsterte sie mir mit erstickender Stimme etwas ins Ohr, was unser gesamtes Leben verändern sollte.

‚*Bitte. Kümmern Sie sich um Mary.*`
Sie verlor das Bewusstsein. Ich betete dafür, dass sie wieder erwachte und für einen kurzen Moment kam sie zu uns zurück.
Ich fragte wieder nach ihrem Namen und dieses Mal verstand ich ihn.

Adele Churchan.

Wenige Minuten später schloss sie für immer die Augen, doch ihr Mund lächelte, sie war glücklich, Dich gesund auf die Welt gebracht zu haben, auch wenn sie sie für immer verlassen musste…

24

Adam hatte das Glas abgestellt und hob kurz die Hand.
Er gab Mary damit zu verstehen, nicht weiterzulesen.
Sein Kopf lag gestützt in seinen rauen Händen.
Er versuchte, sein Schluchzen zu unterdrücken, doch es gelang ihm nicht.
Niemals, niemals in seinem langen Leben hätte er mit solch einer unglaublichen Wendung gerechnet.

Nie hätte er erwartet, jemals zu erfahren, was mit Adele geschehen war, was mit seinem Kind…
Er schaute auf.
Mary!
Seine treuen Augen glitzerten tränennass, doch sie versprühten pure Glückseligkeit.

„Ich habe es von dem Moment an gewusst, als ich dich in der Küche habe stehen sehen. Du bist Adeles Ebenbild, mein Kind."
Als er sich seiner Worte bewusst wurde, übermannten ihn erneut die Tränen. Tränen der Dankbarkeit für das Erhören seiner unzähligen Gebete.
Mary eilte zu ihm. Sie kniete sich schwerfällig neben seinen Sessel und nahm seine Hand.
Lange betrachtete sie sie und anschließend sein noch immer charismatisches Gesicht. Sie versuchte nicht mehr, ihre Gefühle zu unterdrücken, versuchte nicht mehr zu verstehen, warum sich ihr Leben in ihrem ebenfalls schon hohen Alter so verändert hatte. Sie nahm es einfach an.
Als sie schließlich weinend ihren Kopf auf Adams Schoß legte, spürte sie plötzlich, dass alles gut war.
Die Vorwürfe, die sie sich in den letzten Tagen gemacht hatte, nicht schon vor Jahren den Brief

ihrer Mutter gelesen zu haben, waren nicht mehr wichtig.
Es sollte wohl alles so sein.
Adam strich Mary über das Haar.
In seiner Erinnerung kam Adele zurück zu ihm.
Alles war wir früher. Sie waren glücklich…

Samuel nahm Jule mit in die Küche, um die beiden allein zu lassen. Sie hatte eine lange Zeit ohne einander verbringen müssen, ohne dass einer der beiden überhaupt wusste, dass es den anderen gab. Die Zeit, die sie jetzt geschenkt bekommen hatten, sollte nur ihre sein.

Noch immer konnte Jule nicht ganz verstehen, was passiert war.
„Ich kann das alles gar nicht glauben!" Sie schüttelte den Kopf, als wollte sie damit erreichen, einen klaren Gedanken zu fassen.
„Mary ist Adams…du bist…", begann sie erneut.
„Ja", sagte Samuel beruhigend.
„Er ist mein Urgroßvater und Granny seine Tochter. Ich weiß, es ist unglaublich! Für jeden von uns hat sich einiges geändert. Und das alles haben wir nur dir zu verdanken."
Erschrocken blickte Jule auf.
„Ja, schau nicht so. Nur weil du so hartnäckig warst und Adam helfen wolltest, ist schließlich

alles ans Licht gekommen", meinte Samuel lächelnd.

„Und neugierig, würde Adam sagen", fügte Jule ebenfalls lächelnd hinzu.

„Ich bin noch immer so überwältigt von dieser Situation. Es ist so unwirklich. Noch vor ein paar Tagen schien alles so aussichtslos und jetzt…"

„Darf ich dich in den Arm nehmen?", unterbrach Sam sie.

Jule sah ihn verdutzt an, ließ es aber zu. Es tat gut, sie fühlte sich wohl und geborgen. Nur für einen kurzen Moment wollte sie nach all den Geschehnissen etwas Sicherheit verspüren.

Und Samuel gab ihr diese Sicherheit.

Das Glück, das sie in diesem Moment empfand, galt nicht nur Adam und Mary, sondern auch ihr selbst.

Die Verletzung Michaels brach aus ihr heraus, die Demütigung und ihre verlorene Zukunft mit ihm…und doch gab ihr diese Geste von Sam ein Stück Hoffnung zurück. Die Hoffnung, wieder ein glückliches Leben führen zu können, wenn der Schmerz nachgelassen hatte.

„Danke", flüsterte sie leise.

„Nein, ich danke dir", widersprach ihr Sam.

In dieser Nacht schlief keiner der vier besonders gut. Jule hatte Mary mit in ihr Zimmer genommen und Sam hatte versucht, es sich auf der Couch bequem zu machen.
Sehr früh am Morgen stand Jule auf, um Kaffee zu kochen.
Weil es noch ruhig im Haus war, ging sie mit ihrer Tasse hinaus auf die kleine Veranda und setzte sich in den alten Schaukelstuhl. Es schien wieder ein schöner Tag zu werden. Wie konnte es auch anders sein, dachte sie lächelnd. Vielleicht war es ja tatsächlich ihrer Neugier zu verdanken, dass Adam endlich glücklich war, und ein wenig Stolz überkam sie.
Sie dachte darüber nach, wieviel sie in den letzten Tagen mit Adam in Adeles Garten gearbeitet hatte und empfand eine tiefe Freude darüber, dass es sich wirklich gelohnt hatte.
In ihren Gedanken versunken, hatte sie gar nicht bemerkt, dass sich Sam zu ihr gesellt hatte.
„Es ist wunderschön hier", sagte er in die Stille hinein und ließ den Blick über Adams kleines Reich schweifen.
„Ja, das ist es", bestätigte Jule.
Nach einer Weile des gemeinsamen Schweigens meinte Sam: „Ich kann im Moment gar nicht ausdrücken, wie ich mich fühle. Granny geht es sicher genauso. Ich bin so gespannt darauf, alles

über Adam zu erfahren, es ist wie eine ganz neu geschriebene Familiengeschichte, eine, die bisher so verborgen war und mit unserer Familie alles und auch gar nichts zu tun hatte. Es ist verwirrend und faszinierend zugleich. Es hat unser Leben umgeworfen, Grannys Leben im Besonderen."
Sam trank einen Schluck Kaffee, den er sich mitgebracht hatte.
„Weißt du, selbst wenn Granny den Brief ihrer Mutter damals gelesen hätte, hätte sie nie erfahren, wer ihr Vater gewesen war. Manchmal glaube ich, es muss das Schicksal geben, denn es hat dich erst zu Adam und dann zu uns geführt. Nur durch dich hatten wir die Chance, ihn überhaupt kennenzulernen. Es ist einfach unglaublich!"
Samuel schüttelte den Kopf, als würde er diese ganze Situation nur schwer begreifen.
„Ich finde es einfach wunderbar. Es macht mich unendlich glücklich, euch zusammen zu sehen", meinte Jule ruhig und strich ihm über den Arm.
Er lächelte und seine Augen begannen zu leuchten.

„Wohin führt eigentlich dieses schöne, alte Gartentor? In einen verzauberten Märchenwald vielleicht?" Sam schmunzelte und seine Nachdenklichkeit war verflogen. Stattdessen war

da wieder seine flapsig humorvolle Art, die Jule so gerne mochte.
„Wer weiß", meinte Jule verheißungsvoll.
„Vielleicht nicht unbedingt ein Märchenwald, aber bestimmt ein zauberhafter Ort der Vergangenheit", zwinkerte sie ihm zu.
Mit diesen Worten stand sie auf und ging ins Haus. Sam folgte ihr verdutzt.

Als die beiden in in die Küche kamen, saß Adam bereits am Tisch und Mary werkelte am Herd. Es roch köstlich und wenn Jule nicht irrte, buk sie Pfannkuchen.
„Mhm…", machte Sam und setzte sich neben Adam.
„Na, mein Junge, wie geht es dir?", fragte Adam.
„Es geht mir ganz gut. Ich bin nur noch ein wenig durcheinander, so wie wir alle, denke ich", antwortete Samuel wahrheitsgemäß. Dass er neben seinem Urgroßvater saß, den er noch gestern als den schrulligen, aber liebevollen Adam aus Jules Erzählungen gekannt hatte, kam ihm noch immer etwas irreal vor.
„Ja, so wird es wohl sein. Wir alle haben einiges aufzuarbeiten. Deine Großmutter hat mir erzählt, dass du zeichnest?", fragte Adam weiter.
Er klang richtig fröhlich und aufgekratzt.

„Ja, das tue ich. Ich bin Architekt und habe die Firma meiner Eltern nach ihrem Tod übernommen. Aber ich zeichne auch sehr gerne nur für mich", antwortete Sam höflich.
Adam nickte.
„Ich möchte euch nach dem Frühstück gerne etwas zeigen", meinte er und zwinkerte Jule dabei zu.
Mary ging mit Adam voraus. Sie hatte sich bei ihm untergehakt und sie redete ununterbrochen.
Es war ein traumhaft schönes Bild.
Ein alter Mann mit seiner Tochter, die er eben erst gefunden hatte.
Gemeinsam gingen sie in den Garten und bewunderten die Arbeit, die er und Jule in den letzten Tagen vollbracht hatten.
„Das ist Adeles kleines Paradies gewesen. Ich hatte diesen Garten für sie angelegt, um ihr und natürlich auch mir einen kleinen Rückzugsort zu bieten. Wir haben gemeinsam viel Zeit hier verbracht", erklärte Adam.
„Die letzten Tage, bevor sie mit meinem Vater nach Belfast fuhr, verbrachte sie fast ausschließlich in der Hütte. Es war ihr kleines Reich, in dem sie so gerne zeichnete."
Er sah Sam dabei liebevoll an.
Die Hütte, die sie betraten, erstrahlte fast wieder in altem Glanz.

Adam und Jule hatten sich viel Mühe gegeben, alles wieder so herzurichten, wie es vor ungefähr 70 Jahren gewesen war.
Niemals hätten beide noch vor wenigen Tagen daran gedacht, dass jemand hierher kommen würde. Schon gar nicht damit, dass es Adams Tochter sein würde!
Adam zog Adeles große Zeichenmappe aus dem alten Schreibtisch und gab sie Samuel.
Er setzte sich damit auf das alte Sofa neben Mary und schlug die Mappe auf.
Obenauf lag die Bleistiftzeichnung, die Adam so liebte: Die kleine Hand eines Babys in seiner.
Mary und Sam waren fassungslos.

„Das hat Adele gezeichnet?", fragte Sam mit zitternder Stimme.
„Ja, sie hat mit Vorliebe Bleistiftzeichnungen angefertigt, auf denen Hände zu sehen waren. Dies ist meine Hand und deine, Mary, liegt darin", antwortete Adam so leise, dass man es kaum hören konnte.
„So hat sie es sich vorgestellt, wenn du auf die Welt kommst."
Mary strich immer wieder über die Zeichnung.
Tränen rannen ihr über die Wangen.

„Du zeichnest wie sie, mein Junge. Schau es dir an. Genau wie sie", sagte Mary schließlich und sah Sam lächelnd an.
„Ja", meinte Sam. „Von ihr habe ich also mein Faible für das Zeichnen von Händen."
„Adele sagte immer, man kann gerade an den Händen eines Menschen so viel ablesen, so viele Geschichten lesen…"
„Und erkennen, wie ein Mensch ist und was er bereits getan hat", beendete Samuel den Satz.
„Ja, so ähnlich klangen auch ihre Worte", antwortete Adam nachdenklich und gleichzeitig überwältigt.
Jule war wieder nach draußen gegangen. Sie wollte den dreien ihre Zeit für sich lassen.

Einige Zeit später folgte ihr Samuel nach. Sichtlich berührt gesellte er sich zu ihr.
„Das ist wirklich ein zauberhafter Garten der Vergangenheit und einfach traumhaft schön. Ich kann verstehen, warum mein Urgroßvater und seine Frau so viel Zeit hier miteinander verbrachten. Und jetzt verstehe ich auch, warum ich so gerne zeichne. Ich habe es offensichtlich von ihr. Ihre Zeichnungen sind unglaublich und ich würde sie gerne bei mir ausstellen. Als kleines Andenken. Vielleicht gibt Adam mir sein Einverständnis", meinte Sam.

Es würde wohl noch einige Zeit dauern, das alles zu begreifen.

25

„Jule, ich muss auch noch wegen einer anderen Angelegenheit mit dir reden, lass uns ein Stück zusammen gehen", fuhr Sam wenig später fort.
„Als du abgereist warst, habe ich noch einmal mit John gesprochen. Es hat einen großen Streit gegeben. Nelly hat sich von ihm getrennt, als er sie auf das Tete-a-tete mit Michael angesprochen hat. Sean leidet sehr darunter, aber für Nelly gibt es wohl kein Zurück", sagte er ruhig.
„Ist sie bei Michael?", fragte Jule vorsichtig nach.
„Nein, sie ist bei ihrer Mutter. Michael stand gestern Morgen vor unserer Tür und hat nach dir gesucht."
„Wie bitte?", rief Jule ungewöhnlich laut.
„Er hat nach mir gesucht?"
„Er hat mir viele Dinge vorgeworfen, mich dafür verantwortlich gemacht, dass du gegangen bist, weil du in der besagten Nacht bei uns warst.
Er will dich zurück. Du solltest mit ihm reden."
Sam senkte den Kopf.

Jule wusste nicht, was sie davon halten sollte. Es war einfach eine Frechheit von Michael, andere für seine Fehler verantwortlich zu machen.
„Es tut mir sehr Leid, er hat einfach nicht das Recht dazu, so mit dir zu reden!", sagte sie wütend.
„Keine Sorge, ich habe mich nicht weiter auf sein Spiel eingelassen. Ich hatte andere Sorgen, wie du dir denken kannst, aber ich denke, er weiß, wo du bist und wird vielleicht herkommen", meinte Sam.
„Oh nein! Das ist keine gute Idee. Das ist eine Sache zwischen ihm und mir. Adam und ihr beide habt damit nichts zu tun, damit darf ich euch nicht belasten!" Jule war richtiggehend wütend. Was bildete sich dieser Kerl eigentlich ein! So kannte sie ihn gar nicht. Hatte sie sich so getäuscht? Ihr ruhiger und sachlicher Geschichtslehrer, der sich plötzlich aufführte wie ein Macho?

Inzwischen befanden sie sich auf einer kleinen Anhöhe und konnten von dort über eine unendlich scheinende Spätsommerwiese schauen.
Jule ließ sich nachdenklich auf einem großen Stein nieder und bewunderte die herrliche Natur. Ein Stück abseits waren Adams Haus und der Hof und sogar der kleine Garten sehr gut zu sehen.

„Schau, die beiden sitzen im Garten", meinte Jule, als sie Mary und Adam entdeckte.
„Es ist einfach ein Gottesgeschenk, dass sie sich gefunden haben, nicht wahr?", fügte sie hinzu.
Verträumt schauten sie ihnen zu. Die beiden hatten sich sehr viel zu erzählen.

„Hast du dein Handy bei dir, Sam?", fragte Jule plötzlich in die Stille hinein.
Überrascht sah Sam sie an.
„Ja, natürlich. Was hast du vor?", fragte er.
„Ich habe mich entschlossen, Michael anzurufen", meinte sie, „es wird nicht lange dauern, hoffe ich."

Es klingelte mehrmals. Als Jule schon wieder auflegen wollte, ging Michael schließlich doch ans Telefon.
„Hallo?", brüllte er.
„Michael, ich bin es", sagte Jule ruhig.
„Jule?"
Hatte sie nur den Eindruck, oder klang Michael wirklich, als hätte er getrunken?
„Schatz, ich suche dich überall. Wo bist du? Du musst mir verzeihen, ich habe einen Fehler gemacht. Komm zu mir zurück!"
Nein, sie hatte nicht nur den Eindruck, Michael lallte tatsächlich.

„Du bist betrunken. Ich werde dich später noch einmal anrufen und ein Treffen vereinbaren."
Jule war selbst überrascht über ihre harte, sachliche Art, mit ihm zu reden.
„Bist du bei dem alten Mann? Ich komme zu dir!", brüllte Michael.
„Nein!", schrie Jule nun ebenso laut.
„Ich melde mich wieder", sagte sie etwas leiser und legte auf.
Samuel war erschrocken zu ihr gekommen, als er sie hatte schreien hören.
„Ist alles in Ordnung?"
Jule schüttelte irritiert den Kopf.
„Nein, ich glaube nicht. Ich erkenne ihn überhaupt nicht wieder. Er ist betrunken. Und das am Mittag."
Sam nickte wissend.
„Das war er auch, als er morgens bei mir war."
Jule atmete tief durch.
Das fehlte noch!
Sie verstand Michael immer weniger. Er hatte sonst nie zu viel getrunken und wenn, kam es vielleicht ein bis zweimal im Jahr vor.
Er hatte sich sehr verändert, seitdem sie in Belfast angekommen waren und Jule mochte sich nur schwer vorstellen, das das nur mit Nelly zusammenhing.

„Lass uns langsam zurückgehen."
Jule nahm Sams Arm und schenkte ihm ein Lächeln, das nicht nur sie, sondern auch ihn etwas entspannen sollte.

Mary und Adam kamen gerade aus dem Garten. Adam grinste Jule an und auch ohne, dass er etwas zu ihr sagte, verstand sie ihn. Ihm gefiel, dass sie sich gut mit Sam verstand.

„Wir haben uns lange unterhalten", begann Mary, als sie gemeinsam am Tisch saßen und Tee tranken.
„ Adam...", sie schaute unsicher zu ihm auf, „ mein Vater...", fuhr sie fort, „ würde gerne mit uns nach Belfast kommen, um Adeles letzte Ruhestätte zu besuchen. Meine Mutter hinterließ mir in ihrem Brief, wo sie damals beigesetzt wurde. Und Jule, wir möchten auch dich bitten, uns zu begleiten. Vielleicht könntest du deine Heimreise noch um ein paar Tage verschieben. Ich würde mich sehr freuen. Und die Männer sicher auch", sagte sie zwinkernd.
Obwohl Jule sich mittlerweile ein bisschen fehl am Platz vorkam, was diese Familiengeschichte anbelangte, willigte sie doch ein, mitzukommen. Zudem hatte sie ja noch die Aufgabe vor sich, Michael in Belfast wiederzutreffen.

26

Die Nacht senkte sich bereits langsam über die Stadt, als sie Belfast erreichten.
Ein etwas mulmiges Gefühl überkam Jule, als sie daran dachte, wie und warum sie diese Stadt nur wenige Tage zuvor verlassen hatte.
So viel war seither passiert und es kam ihr so vor, als wäre sie jetzt hier, um sich endgültig zu verabschieden.
Adam hatte die meiste Zeit im Auto geschlafen. Die Anstrengungen und Ereignisse des letzten Tages hatten doch sehr an ihm gezehrt, er brauchte ein wenig Ruhe.
An der Villa angekommen, half ihm Samuel schließlich aus dem Wagen.
Ehrfürchtig blieb er vor dem imposanten Gebäude stehen.
„Ihr habt es wirklich zu etwas gebracht", meinte er stolz. Mary stütze ihn und brachte ihn ins Haus.
Sofort verlangte er, das ganze Haus sehen zu dürfen. Mary lachte und wies Sam an, etwas zum Essen herzurichten.
„Jawohl, Ma´am!", antwortete er lachend.
Zu Jule gewandt meinte er: „Keine Sorge, sie hat mir beigebracht, wie man kocht. Wenn du mir also helfen möchtest?"

Doch Jule lehnte dankend ab.
„Wenn es dir recht ist, würde ich den frühen Abend nutzen, um mich mit Michael zu treffen. Ich möchte es einfach hinter mich bringen, um die Sache abschließen zu können."
Sam verstand.
„Heißt das, du trennst dich von ihm?", fragte er, ohne nachzudenken. „ Es tut mir Leid, das geht mich nichts an", fügte er schuldbewusst hinzu.
„Ist schon in Ordnung. Ich weiß es nicht, wenn ich ehrlich bin. Es macht mir ein wenig Sorge, dass er offensichtlich zu trinken begonnen hat. Ich denke, ich muss mich darum kümmern. Darf ich das Telefon benutzen?", fragte sie höflich.
Samuel nickte und ging in die Küche.

Diesmal meldete sich Michael sofort.
„Jule, Gott sei Dank! Ich habe öfter zurückgerufen, aber du bist nicht mehr ans Telefon gegangen."
„Ich hatte es mir ja nur ausgeliehen. Ich bin in der Stadt. Möchtest du, dass wir uns in einem Pub treffen, um zu reden?", fragte sie ruhig.
„Ja, ja natürlich!", antwortete Michael schnell und schlug ihr ein Restaurant vor.
„In einer Stunde", bestätigte Jule den Vorschlag.

Sie hatte noch genug Zeit, um sich frisch zu machen und sich von den anderen zu verabschieden. Sam meinte, das Restaurant wäre nicht weit weg, höchstens 15 Minuten. Er bot ihr an, sie zu fahren, doch sie lehnte ab. Sie wollte vermeiden, dass Michael Sam begegnete.
Als sie Adam zum Abschied noch einen Kuss auf die Stirn gab, grinste er über das ganze Gesicht.
„So wohl habe ich mich seit langem nicht mehr gefühlt. Und das habe ich nur dir zu verdanken. Ich wünsche dir einen angenehmen Abend. Du wirst das Richtige tun."
Adam nickte ihr aufmunternd zu. Er ahnte wohl, dass ihr das Treffen mit Michael nicht leicht fiel, nach allem, was passiert war.
Jule ging zur Tür und als sie sich noch einmal umdrehte, fing sie Sams besorgten Blick auf.
Das ermutigte sie zwar nicht, machte sie aber um so entschlossener, sich der Situation zu stellen.

Kurze Zeit später war sie am Restaurant angekommen. Sie betrat das urige Lokal und spürte ihre Aufregung mit jedem Schritt, den sie weiterging. Es waren sehr viele Leute da und Jule hatte Mühe, Michael zu finden. Der Kellner kam auf sie zu, um ihr einen Tisch anzubieten, als sie Michael im hinteren Teil des Gastraumes entdeckte.

Tief durchatmend ging sie auf ihn zu.
Er saß mit dem Rücken zu ihr. Den Kopf gesenkt, saß er vor einem Glas Wasser, das er mit beiden Händen fest umschloss.
Jule berührte ihn sanft an der Schulter.
Ruckartig drehte er sich um und sah sie aus müden, verquollenen Augen an.

„Jule! Endlich!"
Er stand auf, nahm zärtlich ihren Kopf und betrachtete eingehend jedes Detail ihres Gesichtes, bis er sie schließlich in den Arm nahm.
Er hielt sie so fest wie ein Ertrinkender einen Rettungsring, als hätte er Sorge, sie ganz zu verlieren, würde er sie je loslassen.
Jule konnte ihre Gefühle nicht deuten.
Einerseits fühlte sich seine Umarmung so vertraut, so voller Liebe und Sehnsucht an, andererseits schwang dennoch dieser Verrat an ihrer Beziehung mit, den Jule nicht einfach vergessen konnte.
Sie versuchte, sich von ihm zu lösen. Sie musste einen klaren Kopf bewahren, sie konnte sich nicht einfach von ihm überrumpeln lassen.
Sie mussten die Situation klären.

Ungern entließ Michael sie aus der Umarmung und bot ihr einen Platz an, ohne sie dabei aus den Augen zu lassen.

„Ich habe dich so vermisst. Es tut mir alles so Leid", begann Michael, doch Jule gab ihm zu verstehen, dass sie diese Phrasen nicht hören wollte.

Erst jetzt fiel ihr auf, wie schlecht er aussah. Seine Augen wirkten wässrig, nicht so leuchtend wie sonst.

Sein Gesicht war fahl, seine Haare durcheinander. Doch er schien nicht betrunken zu sein, zumindest wirkte er nicht so wie noch am Vormittag am Telefon.

„Michael, ich möchte keine lapidaren Entschuldigungen hören, denn für das, was du mir angetan hast, gibt es keine Entschuldigung!"

Jules Stimme klang gefasst, sachlich und härter, als sie es selbst erwartet hatte.

„Ich möchte wissen, wie es dazu kommen konnte, dass du mich mit Nelly betrogen hast."

Michael starrte sie an, als hätte sie ihm eine Frage gestellt, mit der er nicht gerechnet hätte.

Wieder senkte er den Kopf und beobachtete das Wasser in seinem Glas, welches er langsam hin und her schwenkte. Er wirkte abwesend, nachdenklich.

„Ich weiß es nicht, wenn ich ehrlich bin", begann er schließlich. „ Ich weiß nur, dass sie mich von Beginn an irgendwie fasziniert hat. Ihre Ausstrahlung, ihre Intelligenz und die Tatsache, dass sie die gleichen Interessen hat wie ich."

Ja, ihre Ausstrahlung! Jule dachte an den Abend in der Library Hall zurück. Ihre Ausstrahlung und ihre sexy Aufmachung und vor allem die Art, wie sie Michael sofort in Beschlag genommen hatte.
„Sie hat mich irgendwie in ihren Bann gezogen. Ich kann das nicht anders erklären. Sie ist eine sehr schöne Frau und als sie mir von ihrem Streit mit John erzählte, hatte ich plötzlich das Gefühl, sie beschützen zu müssen. Niemand sollte so von seinem Mann hintergangen werden. Er hatte ihr jahrelang verschwiegen, dass er homosexuell ist und bei diesem Streit kam es einfach heraus. Nelly kam nicht damit klar. Überhaupt nicht! Sie war verletzt und gedemütigt. Ich habe nur versucht, ihr eine starke Schulter anzubieten", fuhr Michael fort. Als er Jules Blick auffing, bemerkte er offensichtlich, was er gerade gesagt hatte. Auch er hatte mit seinem Verhalten nichts anderes getan als John.
Michael griff nach Jules Hand. „Ich kann dich nur bitten, mir zu verzeihen."

Abwartend musterte er die Frau, die er noch vor wenigen Tagen hatten heiraten wollen.
„Und für sie da zu sein und ihr zuzuhören bedeutet für dich, mit ihr zu schlafen?"
Jule spürte, wie die Wut in ihr langsam die Oberhand gewann. Doch das durfte nicht passieren. Sie hatte sich vorgenommen, vernünftig mit Michael zu reden.
„Natürlich nicht. Ich kann dir nicht sagen, warum es so weit gekommen ist. Du warst die ganze Zeit in dieser Bibliothek, ich wollte eigentlich den Tag mit dir verbringen, nachdem der Abend vorher schon nicht so gut gelaufen war. Ich war gereizt, dass du einfach weggelaufen bist. Ich hatte an dem Abend zu viel getrunken und wollte erst am nächsten Tag mit dir reden. Und am Morgen warst du nicht mehr da, als ich aufgewacht bin. Das hat mich wütend gemacht."
Jule konnte sich noch gut daran erinnern, dass Michael in der Bibliothek gewesen war, um ihr mitzuteilen, dass sie zum Abendessen eingeladen waren. Er war nicht nur wütend, sondern auch herablassend.
„Nelly hatte mich wegen des Abendessens angerufen. Ich bin dann zunächst ein wenig allein durch die Stadt gelaufen. Dann kam ich in die Library Hall, um mit dir zu reden. In der Halle traf ich Nelly, die mich fragte, ob ich etwas Zeit für

sie hätte. Nachdem ich bei dir gewesen war, um dir zu sagen, dass ich dich später abhole, bin ich dann mit Nelly zum Hotel gefahren." Michael unterbrach sich.

Der Kellner war an den Tisch gekommen, um eine Bestellung aufzunehmen. Michael bestellte sich einen Whiskey und schaute Jule fragend an, was sie haben wollte. Als er ihren Blick auffing, bemerkte er sofort, was sie ihm damit sagen wollte. Er kannte sie gut, zu gut, um ihr etwas vormachen zu können.

„Nein, ich möchte lieber einen Kaffee. Du auch?", fragte er Jule.

Sie nickte. „Und die Speisekarte bitte" schloss Michael die Bestellung ab.

„Seit wann trinkst du?", fragte Jule ohne Umschweife.

Michael fühlte sich angegriffen.

„Wie meinst du das?", fragte er herausfordernd.

„Du weißt, wie ich das meine", antwortete Jule ruhig.

Michael lehnte sich zurück und legte den Kopf in den Nacken. Nach eine Weile fuhr er fort:

„Als wir im Hotel angekommen waren, wollte ich mich eigentlich nur schnell umziehen. Doch als ich aus dem Badezimmer zurückkam, saß Nelly auf dem Bett und streckte die Hand nach mir aus.

Ich ging zu ihr…es kam eins zum anderen…ich weiß nicht, warum ich mich darauf eingelassen habe…ich…", immer wieder unterbrach sich Michael und schaute Jule entschuldigend an.
„Es ist einfach passiert."
Er wartete auf eine Reaktion von Jule, doch sie sagte nichts.
„Als du plötzlich im Zimmer standest, ist mir erst klar geworden, was ich getan habe. Du bist weggelaufen, ich wusste nicht, was ich tun sollte. Und Nelly…sie ist auch gegangen und hat mir gesagt, dass sie mich nicht mehr sehen wollte. Ich war durcheinander. Innerhalb weniger Tage war mein Leben ein vollkommen anderes, alles war zerstört…und ich war daran schuld." Michael seufzte.
„An diesem Abend habe ich mich in die Hotelbar geflüchtet. Seither sitze ich meist dort oder in einem Pub und trinke, um alles zu vergessen…"

Jule war die ganze Zeit über ruhig geblieben. Sie nippte vorsichtig an ihrem heißen Kaffee, der inzwischen gekommen war. Sie versuchte, ihre Gefühle unter Kontrolle zu bekommen. Ihre Wut hatte nachgelassen, stattdessen fühlte sie ein wenig Mitleid, was ihr so erschreckend unangemessen und absurd vorkam.

Michael starrte nur noch in seine Tasse, trank ab und an einen Schluck, schaute aber nicht auf. Als wäre er mit den Gedanken woanders, in seiner eigenen Welt, so, als sähe er Jule gar nicht mehr.
Behutsam griff jetzt Jule nach seiner Hand.
Erschrocken blickte er sie an, als würde ihn sein Urteil erwarten.
„Kannst du mir verzeihen?", fragte er leise.
Jule schüttelte den Kopf.
„Ich weiß es nicht. Vielleicht bringt es die Zeit mit sich. Aber im Moment bin ich nicht sicher."

Es war die Wahrheit.
Warum sollte sie ihn belügen und so tun, als wäre alles wieder in Ordnung? Er hatte sich sehr verändert und vielleicht gäbe es jetzt die Chance, es noch einmal zu versuchen.
Ohne all die Zukunftspläne, die bereits geschmiedet waren.
Ein kleines Lächeln huschte über Michaels Gesicht.
„Ich danke dir. Das ist mehr, als ich von dir verlangen kann."
Er stand auf und kam zu ihr. Behutsam nahm er sie in die Arme und küsste sie auf die Stirn.
Es fühlte sich so vertraut und dennoch distanziert an. Sehnsüchtig und gleichzeitig zurückhaltend ließ Jule seine Berührungen zu. Als er sie

schließlich küsste, spürte sie seine so vertrauten, weichen Lippen auf den ihren und war versucht, sich für diesen kurzen Moment alles daraus zu nehmen, was sie so vermisste. Sie spürte die Sicherheit wieder, die sie bei ihm gefunden hatte. Ihr unbändiges Streben nach Liebe ohne Verletzungen, nach Ehrlichkeit und Wahrheit…hieß das auch, einfach verzeihen zu können?
Doch er ließ plötzlich von ihr ab. Der Kuss dauerte nur einen Wimpernschlag und sie war zurück im Hier und Jetzt.
„Ich vermisse uns", flüsterte er leise.
Jule glaubte ihm sogar. Sie waren eine weite Strecke in ihrem Leben gemeinsam gegangen. Es war keinesfalls einfach, das einfach zu vergessen.

„Würdest du Nelly wieder treffen, wenn sie es so wollte?", fragte Jule unvermittelt.
Geschockt sah Michael sie an.
„ Nein. Ich… wie kommst du darauf?" Er wusste nicht, was er antworten sollte.
Sie hatte ihn aus der Fassung gebracht. Doch genau das war es auch, was Jule wollte.
Immer wieder spukte ihr sein Satz im Kopf herum, dass Nelly ihn nicht mehr hatte wiedersehen wollen. Doch was war mit ihm?

Um die Situation etwas zu entspannen, nahm Jule die Speisekarte. Sie war hungrig geworden, zumal sie daran dachte, dass Mary, Adam und Sam wahrscheinlich auch gerade gemeinsam beim Abendessen saßen.
Nachdem beide etwas zum Essen ausgewählt hatten, fragte Michael nach Adam. Man merkte ihm an, dass er das Gespräch auf ein anderes Thema lenken wollte.
Jule begann zu erzählen, dass er momentan bei Mary und Sam war.
„Bei Samuel und seiner Großmutter? Aber warum ausgerechnet dort? Läuft da doch etwas mit diesem Samuel?", unterbrach Michael sie wütend.
Jule versuchte, sachlich zu bleiben.
„Nein, das tut es nicht. Wir sind aus einem ganz anderen Grund hier bei ihnen. Vielleicht darf ich dir in Ruhe erzählen, was in den letzten Tagen alles passiert ist?", fragte sie höflich nach und zog die Braue dabei nach oben.
Michael nickte und hörte aufmerksam zu, als Jule von ihren Recherchen berichtete und der Mühe, die sich auch Mary gegeben hatte. Als sie dann davon erzählte, dass sie nach ihrer Rückkehr zu Adam mit ihm zusammen Adeles Garten wieder ein wenig hergerichtet hatten, hellte sich Michaels Gesicht auf.

„Es freut mich, dass er sich entschieden hat, Adeles Andenken wieder aufzubauen. Es hat euch bestimmt eine Menge Arbeit gekostet. Ich wäre gerne dabei gewesen und hätte euch geholfen", meinte er. Jule versuchte zu lächeln, aber es fiel ihr schwer.

„Für die ganze Mühe hat er eine Belohnung bekommen, die wirklich nicht mit allem Geld der Welt zu bezahlen ist", sagte Jule schließlich.
Michael schaute sie erstaunt und erwartungsvoll an.
Sie berichtete davon, wie die Geschichte weitergegangen war und Michael kam aus dem Staunen nicht mehr heraus.
Das Essen stand inzwischen auf dem Tisch, doch keiner der beiden hatte bisher einen Bissen essen können. Immer wieder fragte Michael nach, wie das alles sein konnte, welch unglaublicher Zufall es sein musste, dass Mary ihren Vater gefunden hatte.
Es ist einfach unfassbar! Ich weiß gar nicht, was ich sagen soll. Ich hätte nie damit gerechnet, dass Adam jemals erfahren würde, was aus seiner Frau geworden ist. Diesmal haben deine Neugier und dein Ehrgeiz wirklich geholfen, jemanden sehr, sehr glücklich zu machen, stimmt es?", zwinkerte Michael ihr lobend zu.

27

Das Essen war wunderbar und es wurde trotz allem ein sehr schöner Abend. Die beiden unterhielten sich über alles Mögliche, vor allem aber über Adam. Als sie darauf zu sprechen kamen, wie sie ihn kennengelernt hatten, mussten beide laut loslachen.
„Es war schon eine skurrile Begegnung mit ihm. Umso schöner ist es jetzt, ihn in unserem Leben zu haben", meinte Jule.
Sie nahm ihre Tasche und entschuldigte sich kurz, um auf die Toilette zu gehen. Michael hielt sie im Vorbeigehen an der Hand fest, sodass sie stehen blieb.
Sein flehender Blick, ihr zu verzeihen, war deutlich zu sehen.
Doch das war nicht so einfach. Sie strich ihm sanft über die Stirn und ging weiter.

Lange schaute Jule in den Spiegel. Sie erkannte in ihm eine veränderte Frau. Die Unbeschwertheit, die sie sonst auszeichnete, war ein wenig verloren gegangen. Stattdessen sah sie nachdenklich und erwachsener aus. Bereit, sich auch den widrigen Umständen des Lebens zu stellen, so wie sie es als Kind schon zu tun gezwungen war.

Wie sollte es mit ihr und Michael weitergehen?

Sie wusste es nicht, sie wusste nur, dass sie es schaffen konnte, sich der Herausforderung zu stellen, die auf sie beide zukam.

Aufmunternd lächelte sie ihr Spiegelbild an und ging zurück.

Als sie in den Gastraum kam, blieb sie plötzlich stehen.

An ihrem Tisch stand Nelly!

Sie schien vollkommen aufgelöst.

Sie hielt Michaels Hände und redete ununterbrochen auf ihn ein.

Er versuchte, sie dazu zu bewegen zu gehen, doch sie ließ sich nicht darauf ein. Immer wieder berührte sie ihn, ging auf ihn zu, berührte zärtlich seine Wange und küsste ihn sanft.

Tränen glitzerten in seinen Augen, als er Nelly ansah.

Jule konnte nicht hören, was sie sagten, doch sie verstand trotzdem.

Sie schloss die Augen und befand sich plötzlich seit langer Zeit wieder in ihrer eigenen Kindheit …

Sie stand am Küchenfenster und sah ihre Eltern vor der Tür.
Sie stritten.
Wie so oft.
Doch diesmal war es anders.
Es war nicht so laut wie sonst, wenn sie in ihrem Bett lag und sich weinend die Ohren zuhielt.
Neben Vater stand eine große Tasche und Mutter redete auf ihn ein.
Immer wieder ging sie auf ihn zu, doch er schob sie zurück.
Jules Herz tat weh, als sie das sah, sie wollte hinausrennen und ihrem Vater sagen, dass er Mutter doch wieder lieb haben sollte, dass alles wieder gut sein würde. Doch sie konnte sich nicht von der Stelle rühren.
Wie angewurzelt stand sie am Fenster, starrte auf die unwirkliche Situation im Vorgarten und betete dafür, dass alles nur ein böser Alptraum war.
Immer wieder rief sie nach ihm, doch er konnte sie nicht hören oder er wollte es nicht.
Ihr Vater ging.
Er ging einfach weg und Mutter blieb weinend an der Tür stehen.
Er drehte sich noch einmal um.
Zu ihr.
Er sah sie traurig an.

Schließlich winkte er ihr ein letztes Mal, bevor er in den Armen einer fremden Frau aus ihrem Leben ging.
Er kam nicht zurück.
Mutter stand noch sehr lange an ihrem Fenster, doch er kam einfach nicht wieder.

Mutter hat diese Trennung nie verkraftet.
Sie verkümmerte, hatte keine Zeit mehr für ihre Tochter, bis sie sich schließlich in einem großen Haus mit vielen Kindern wiederfand.
Es wurde ihr neues zuhause, fernab ihrer einstigen Familie…

Dieses Erlebnis war zu einem immer wiederkehrenden Alptraum geworden, bis Jule ihn schließlich Jahre später endlich vergessen hatte.
Sie hatte ihren Vater und auch ihre Mutter nie wieder gesehen.
Die Dämonen ihrer eigenen Vergangenheit waren nach langem Stillschweigen zurückgekehrt…

Jule hielt sich am Tresen fest. Sie spürte, wie sie die Kraft verlor und drohte, sich im Trauma ihrer Kindheit zu verlieren.
Die Dame hinter der Bar sprach sie an, doch erst, als sie lauter wurde, bemerkte Jule sie.
Augenblicklich riss sie die Augen auf.

„Geht es Ihnen nicht gut?", fragte die Frau besorgt.
Doch Jule konnte nicht antworten.
Sie schaute zu Michael.
Er hatte inzwischen bemerkt, dass Jule wieder im Raum war.
Sein Blick sagte alles und gleichermaßen nichts.
Seine Mine drückte einerseits Schuldgefühle, Angst und Besorgnis aus und gleichzeitig die Erkenntnis bei etwas ertappt worden zu sein, das sich nicht erklären ließ.
Er sagte etwas zu Nelly und kam dann langsam auf Jule zu.
Eingeschüchtert sah sie ihn an.
Doch sein um Entschuldigung flehender Blick machte sie in diesem Moment so wütend, dass sie allmählich ihre Kraft wiedererlangte.
Nein!
Sie ließ es nicht zu, wieder verletzt zu werden!

Das Adrenalin schoss durch ihren Körper und erhobenen Hauptes ging sie ihm entgegen.
Ohne ihn auch nur zu Wort kommen zu lassen, sagte sie mit fester Stimme:

„Du allein bestimmst dein Leben und triffst deine eigenen Entscheidungen. Ich habe meine

Entscheidung getroffen. Ich wünsche dir alles Gute!"
Sie lächelte Michael fast mitleidig an und ging…

Als Jule die Tür der alten Villa öffnete, war bereits alles dunkel.
Sie war den Weg zurück gelaufen. Es hatte ihr gut getan, den Kopf frei zu bekommen und mit allem abzuschließen, was gewesen war.
Es hatte alles so sein sollen und sie würde es schaffen, damit umzugehen. Sie war stolz auf sich, auch wenn es ihr schwer fallen würde, ihr Leben jetzt neu ordnen zu müssen.

Leise ging sie die alten Stufen hinauf.
Sie bemerkte, dass hinten im Kaminzimmer noch Licht brannte.
War doch noch jemand wach?
Jule ging zurück und fand Samuel mit einem Buch auf der Couch sitzend.
Das Buch lag auf seinem Schoß, der Kopf war leicht zur Seite gelegt. Es sah so aus, als wäre er beim Lesen eingeschlafen.
Jule setzte sich vorsichtig neben ihn. Sie nahm gerade langsam das Buch hoch, als sein Hand nach ihrer griff.
„Bitte entschuldige, ich wollte dich nicht wecken.", sagte sie leise.

„Das hast du nicht. Ich hab auf dich gewartet."
Liebevoll schaute er sie an.
„Wie geht es dir?"
„Gut. Es geht mir gut", antwortete Jule.
„Möchtest du darüber reden?", fragte Sam erneut.
Jule schüttelte den Kopf.
„Nein, das möchte ich nicht. Es gibt nichts mehr zu bereden."
Wieder lächelte Sam sie an.
Verlegen schaute sie nach unten.
Als sie den Blick wieder hob, strich ihr Sam eine Haarsträhne aus dem Gesicht und berührte dabei ihre weiche Haut.
Jule legte ihren Kopf in seine Hand, schloss die Augen und genoss das wohlige Gefühl, das er in ihr auslöste. Sie seufzte leise, als würde sie so endgültig alle Last loswerden können, die sie seit Tagen mit sich herumtrug.
Sie spürte Sams zweite Hand auf ihrer Wange und öffnete die Augen. Er war ganz nah bei ihr, seine wunderschönen, hellen Augen wurden langsam dunkel, seine Lippen kamen auf sie zu…
Sein Kuss löste in ihr eine Lawine der Erleichterung, der Entspannung und eines Wohlgefühls aus, das sie unmöglich beschreiben konnte.
Sie dachte kurz daran, sich dagegen zu wehren, doch sie war nicht dazu in der Lage.

Eine bisher nur geahnte Sehnsucht nach ihm stieg in ihr auf, dass sie unmöglich diesen Kuss beenden konnte. Sie erwiderte ihn und je stärker ihr Verlangen wurde, umso stärker wurde auch das von Sam.
Beide wurden überrascht von dieser unerwarteten Reaktion ihrer beider Körper aufeinander.
Erschrocken löste sich Jule aus Sams Umarmung.
„Entschuldige, aber…"
Sie wusste nicht, was sie sagen sollte. Es kam alles etwas überraschend, vielleicht sollten sie das lieber nicht tun.
„Nein, ich muss mich entschuldigen, ich wollte dich nicht überrumpeln, aber…" Samuel zog sich ein wenig zurück.
Betroffen schaute er sie an.
Ihre Augen sagten etwas ganz anderes. Doch ihr Kopf schien damit nicht klarzukommen.
„Bitte entschuldige dich nicht. Es ist nur…ich weiß nicht…"
„Vielleicht denken wir einfach zu viel nach, meinst du nicht?", fragte Samuel und entlockte Jule damit ein sanftes Lächeln.
„Wenn du lächelst und glücklich bist, bist du noch atemberaubender als sonst."
„Möchtest du mich vielleicht mit Komplimenten herumbekommen?", fragte Jule zwinkernd.
„Vielleicht…", meinte Sam.

Diesmal war es Jule, die ihn küsste. Sie vergrub ihre Hand in seinem dichten, hellen Haar und zeichnete mit der anderen jede einzelne Kontur seines Gesichtes nach.

Ihre Zweifel waren plötzlich nicht mehr existent, in diesem Moment gab es nur noch sie und Sam.

Er hob sie auf seinen Schoß, ohne sich von ihren Lippen zu lösen.

Langsam strich er über ihren Rücken nach oben in ihr Haar.

Sein Griff wurde dabei immer fester, so, als wolle er sie nie wieder loslassen.

Es gab kein Zurück mehr, das Verlangen nacheinander war entfacht und es war unmöglich, ihm wieder zu entkommen.

Mühelos nahm er sie hoch und trug sie die Treppe hinauf.

Er stieß die Tür zu seinem Zimmer auf und ließ sich mit ihr auf das Bett fallen.

Sie sahen einander an.

Langsam begann er, seine Hand an ihrem Hals entlang bis zu ihrem Brustkorb gleiten zu lassen. Ihr Shirt war schon halb verrutscht und gab den Blick auf ihren BH frei. Sam schob den Träger weiter über ihre Schulter herunter und strich ihr dabei zärtlich über die Haut. Noch immer blickten sie sich tief in die Augen.

Doch als er ihr Shirt weiter öffnete und dabei immer wieder, wie zufällig, ihre Brust berührte, hielt sie seinem Blick nicht mehr stand und schloss seufzend die Augen.
Plötzlich spürte sie seine Lippen am Hals…vorsichtig tastete sich seine Zunge an ihrer Kehle hinab, um zwischen ihren bebenden Brüsten auszuharren.
Ungeduldig zog sie an seinem Hemd.
Schelmisch lächelnd setzte sich Sam kurz auf, um sein Hemd abzustreifen und Jule schaute ihm dabei zu. Ihr Verlangen nach ihm war einfach unglaublich. Sie konnte sich nicht erinnern, wann es jemals so heftig gewesen war…es war eine neue Erfahrung, ein anderer Mann, eine neue Erwartung, sich gegenseitig zu erkunden… und doch fühlte es sich an, als wäre er ihr vertraut…als sollte alles genau so sein, als hätten sie aufeinander gewartet.
Sie ließen sich fallen, gaben sich ohne Zweifel allem hin, was auf sie wartete… genossen jeden Augenblick, jede Berührung, jeden Kuss und spürten ihre Lust dadurch umso stärker…

Als Samuel am nächsten Morgen erwachte, stand sie Sonne schon hoch am Himmel.

Es musste bereits später Vormittag sein und ein wenig nagte das schlechte Gewissen an ihm, seiner Granny nicht beim Frühstück geholfen zu haben.
Doch als er Jule neben sich liegen sah, war das schlechte Gewissen schnell wieder verflogen. Glücklich sah sie aus, wunderschön mit ihren zerzausten Haaren, die sich in sanften Wellen über das Kissen ergossen. Sam dachte an die letzte Nacht und begann unwillkürlich zu lächeln.
Er hatte bisher viele Frauen kennengelernt, doch es war ihm kaum bei einer dieser Frauen so gegangen, wie bei Jule.
Vom ersten Augenblick an war er von ihr fasziniert gewesen. Ihr hübsches Gesicht, ihre Mimik, wenn sie lachte und ihre warmherzige Art hatten es ihm sofort angetan…und ihr traumhafter Körper, dachte er spitzbübisch grinsend.
Sie bewegte sich. Langsam wurde sie wach und drehte sich zu ihm um.
Er begann, sie langsam zu streicheln und beobachtete sie dabei.
Behutsam fuhr er über ihren nackten Rücken, bis sie sich wohlig regte.
Sein sanfter Kuss ließ sie endgültig aus dem Halbschlaf erwachen.

„Guten Morgen", flüsterte sie verschlafen.

„Guten Morgen", hauchte ihr Sam leise ins Ohr, was ihr sofort wieder Schauer durch den Körper fließen ließ.

Als sie schließlich bemerkte, dass es schon ziemlich spät sein musste, setzte sie sich auf.
„Vielleicht sollten wir nach Mary und Adam schauen, nicht, dass sie sich Sorgen machen", meinte sie, nahm Sam sanft eine seiner lockigen Strähnen aus dem Gesicht und küsste ihn.
Verklärt sah er sie an.
„Du hast ja Recht", sagte Sam gespielt mürrisch und ging zum Fenster.

„Schau mal", meinte er plötzlich und Jule folgte ihm.
Draußen im Garten saßen Mary und Adam beim Tee. Sie unterhielten sich angeregt und schauten sich Adeles Zeichnungen und Fotos an.
Mary hielt die ganze Zeit Adams Hand und er nutzte jede Gelegenheit, Mary zu betrachten.
Sie schien ihn sehr an Adele zu erinnern, obwohl auch sie mittlerweile eine ältere Frau war.
Die beiden waren so vertieft in ihr Gespräch, dass sie Jule und Sam oben am Fenster gar nicht mitbekamen.
Dachten sie zumindest, denn als Sam Jule zu sich in die Arme zog, schauten Mary und Adam kurz

zu ihnen. Und wenn Jule es richtig deutete, zwinkerte Adam ihnen sogar zu.

„Ich kann das alles noch immer nicht glauben. Es ist wie ein kleines Wunder, dass sich die beiden gefunden haben", sagte Jule lächeln und blickte zu Sam auf.
„So ähnlich wie bei uns", antwortete er leise und legte dankbar sein Kinn auf ihren Kopf.

28

Es war ein wunderschöner Vormittag. Die Vögel zwitscherten und belebten den herrlichen Garten mit ihrem Gesang.
Bisher hatte Jule noch keine Gelegenheit gehabt, sich im Garten umzuschauen, doch was sie jetzt sah, war einfach beeindruckend.
Er war unendlich weitläufig, wie ein großer Park und voller Farben.
„Ich hatte immer schon eine Schwäche für diesen Garten. Er ist sehr schön geworden, nicht wahr?", fragte Mary.
Jule kam aus den Staunen nicht mehr heraus.
„Mary, er ist einfach wunderbar!", schwärmte sie.

„Lasst uns einfach nachher ein wenig umschauen. Ich sollte nach meinen Rosen sehen. Ich habe sie in den letzten Tagen etwas vernachlässigt", lächelte sie und schaute Adam an.

„Aber erst solltet ihr beiden ordentlich frühstücken. Ich denke, ihr könnt eine Stärkung gebrauchen."

Mary versuchte, ernst zu bleiben, als sie die jungen Leute ansprach, aber Adam platzte mit seinem typischen Lachen dazwischen, und entspannte damit die ganze Situation.

„Sie wissen, was wir getan haben! Diese zwei sind mir unheimlich!", flüsterte Sam Jule leise ins Ohr und brachte sie damit zum Kichern.

Gemeinsam verbrachten die vier die nächsten Stunden auf dem herrschaftlichen Anwesen.
Es war eine Freude, Mary zuzuhören, wie aus der ehemals alten und baufälligen Villa ein so traumhaftes Haus und ein großartig , angelegter Garten geworden war.

„Die alten Eichen dort hinten standen bereits, als wir damals hierher kamen. Mein Sohn wollte sie unbedingt immer fällen lassen, aber ich habe mich durchgesetzt und sie blieben stehen. Ich habe viel Zeit dort verbracht, nachdem unsere Familie durch

den Unfall auseinandergerissen worden war. Allein und auch zusammen mit Samuel. Erinnerst du dich?"
Traurig sah sie ihren Enkel an, der zustimmend nickte.
„Als Kind kam mir der Platz unter den Eichen immer so vor wie eine ganz andere Welt, in die ich mich zurück ziehen konnte. Später, nach dem Tod meiner Eltern ging ich dorthin, um bei ihnen zu sein. Ich fühlte mich dort sicher, dort konnte mir nichts passieren", sagte Sam.
Tatsächlich standen die Eichen so zueinander, dass es so aussah, als wäre darunter eine kleine Höhle. Zwei der Bäume waren nebeneinander gepflanzt worden, der dritte versetzt dahinter.
Das Geäst der Eichen war im Laufe der vielen Jahre so miteinander verwachsen, dass in der Frühjahrs und Sommerzeit ein herrliches Blätterdach entstand. Es sah heimelig, aber auch ein wenig mystisch aus.
Zwischen den dicken Stämmen standen zwei alte gusseiserne Bänke. Die vier nahmen Platz und genossen die wunderbare Ruhe.

„Kannst du dir vorstellen, hier bei uns zu bleiben?", fragte Mary plötzlich in die Stille hinein und Adam zugewandt.

Man merkte Marys unsicherer Stimme an, dass sie schon länger mit dieser Frage haderte.
Adam ließ sich Zeit mit der Antwort.
„Ich denke nicht, dass man einen so alten Baum wie mich noch verpflanzen sollte. Ich möchte auch nicht, dass du für mich sorgen und mich pflegen musst. Verstehst du das?"
Mary verstand. Auch wenn es ihr lieber wäre, ihn bei sich zu haben. Zu viel Zeit hatten sie ohne einander verbringen müssen, Zeit, in der sie nicht einmal voneinander gewusst hatten.
„Aber ich bleibe gerne noch ein wenig. Ich möchte alles über euch erfahren. Einen Teil meiner Familie kennenlernen, was mir so lange verwehrt geblieben ist."
Adam lächelte seine Tochter aufmunternd an.

„Wäre es möglich, am Nachmittag Adeles Grabstätte zu besuchen? Ich würde mich gerne nach all den Jahren verabschieden."
Mary holte tief Luft.
In den letzten Tagen, seitdem sie den Brief ihrer Mutter kannte, hatte sie es vermieden, allein oder mit Samuel zum Grab ihrer leiblichen Mutter zu fahren.
Sie hatte Sorge, dass sie damit nicht fertig wurde, zu ihrem alten Elternhaus zurückzukehren, nachdem sie ihre Geschichte jetzt kannte.

Ihre Mutter hatte in dem Brief an sie geschrieben, dass Adele Churchan in einem kleinen Waldstück hinter dem Haus beigesetzt wurde.
Wenn Mary so darüber nachdachte, konnte sie sich nicht erklären, warum sie diese Grabstätte als Kind nie gesehen hatte. Sie hatte oft in dem Waldstück gespielt, allein oder mit Freunden, doch nie war ihr etwas aufgefallen.

„Natürlich. Sehr gerne", antwortete sie schließlich.
Es wurde Zeit, dass sie sich auch dieser Herausforderung stellte. Gemeinsam mit ihrem Vater.

Am frühen Nachmittag brachen sie auf. Marys altes Elternhaus lag am anderen Ende der Stadt.
Keiner sprach während der Fahrt.
Jeder der vier, besonders Adam und Mary, wirkte sehr nachdenklich.
Nach all den Ereignissen der vergangenen Tage spürte Mary eine innere Unruhe in sich aufsteigen, die sie nicht einordnen konnte.
Nicht nur, dass der Brief ihrer Mutter, den sie lange ignoriert hatte, tatsächlich offenbarte, was sie befürchtet hatte, war es nunmehr auch so, dass sie damit fertig werden musste, eine vollkommen andere Lebensgeschichte zu akzeptieren.

Sie war seit langer Zeit nicht mehr an dem Ort ihrer Geburt gewesen.
Das Haus war inzwischen abgerissen worden.
An seiner Stelle befand sich heute eine kleine Parkfläche, die gerne von Wanderern genutzt wurde, die im angrenzenden Wald spazieren gehen wollten.
Als sie angekommen waren, bat Mary darum, mit ihren Erinnerungen allein sein zu dürfen.

Jule spürte, dass es Adam nicht gut ging.
Er starrte auf die Parkfläche, auf der früher das Haus gestanden hatte.
Er kämpfte gegen die Tränen an, doch er schaffte es nicht, sie zu unterdrücken.
Jule und Sam hakten ihn unter, um ihn ein wenig zu stützen.
Als Mary besorgt wieder zu ihnen kam, begann er zu erzählen:
„Ich war damals, wenige Tage nach dem Luftangriff, hier, um nach Adele zu suchen. Das Haus, in dem sie gewohnt hatte, bevor ich sie traf, stand nur ein paar Straßen weiter. Es war komplett zerstört worden.
Ich erinnere mich genau, wie ich damals durch die Straßen lief, jeden, den ich traf, nach ihr fragte, aber keiner kannte sie. Niemand hatte je von ihr gehört. Auch an die Tür des Hauses, welches

genau hier stand, klopfte ich, um nach Adele zu fragen. Doch niemand öffnete mir. Ich kann mich irren, doch es kam mir so vor, als hätte ich damals ein Kind schreien hören."
Seine Augen erfüllten sich erneut mit Tränen.
„Ich war verwirrt, durcheinander, der Schmerz, Adele nicht wiederzufinden, hatte sich regelrecht in mich hineingefressen. Ich weiß nur noch, dass ich stoisch durch diese Stadt lief, immer wieder ihren Namen rief, obwohl mein Herz mir längst sagte, dass sie nicht mehr bei mir war."
Adam bat darum, sich setzen zu dürfen.
Nachdem er tief Luft geholt hatte, fuhr er fort:
„Hätte ich damals gewusst, dass sie hier war, dass du hier warst…"
Seine Stimme erstickte und Mary umarmte ihn. Sie versuchte, seinen Schmerz aufzunehmen und zu lindern, doch es gelang ihr nicht. Es wurde nur auch für sie um so schlimmer zu hören, was ihr Vater durchgemacht hatte.

„Warum nur? Was um alles in der Welt habe ich Schlimmes getan, dass uns allen ein solches Schicksal widerfahren ist?"
Adam hob die Hände in den Himmel, als erwarte er nach all den vielen Jahren noch immer eine Antwort.

Um sich selbst und Adam zu beruhigen, nahm Mary seine Hand und bat ihn aufzustehen.
„Wir sind endlich zusammen. Lass Vergangenes ruhen und uns zu ihr gehen."

Mary hatte Samuel gebeten vorauszugehen, da sie sich nicht ganz sicher war, wo sich Adeles Grabstelle befand.
Obwohl er den Beschreibungen im Brief genau folgte, hatte er Mühe, den Ort zu finden.
Als Jule schließlich an einer kleinen Mauer stand, die teilweise eingefallen war, kam Sam zu ihr.
„Hier muss es sein, genau hier!", meinte er aufgeregt.
Zwischen dieser Mauer und einer großen Blautanne war ein verwitterter Sandstein zu sehen, der ein Stück im Boden eingelassen war.
Gerade als Sam das Geäst beiseite schob, kamen Mary und Adam dazu.
„Bitte mein Junge, lass mich das machen", bat Adam.
Mühsam kniete er vor dem Sandstein nieder und nahm vorsichtig die Äste und Nadeln herunter.
Um den Stein herum rankte Efeu, der sich über die Jahre auch an die Tanne und die Steinmauer geheftet hatte.
Als Adam fertig war, half ihm Sam, aufzustehen.

Mary hielt ergriffen die Hände vor den Mund, als sie die verwitterte Inschrift sah:

Adele Churchan
In ewiger Dankbarkeit für unseren Engel.
1941

Adam drehte sich zu Jule um, die sich etwas zurückgezogen hatte und hielt ihr die Hand entgegen.
Berührt kam sie zu ihm.
„Ich bin unendlich dankbar, dich getroffen zu haben. Ohne dich hätten wir niemals in diesem Leben zueinander gefunden. Möge Gott dich beschützen."
Als er endete, nahm er auch Samuels Hand und legte sie auf Jules.
„Nehmt euer Glück an und achtet aufeinander."

Die jungen Leute gingen zurück zum Wagen.
Adam hatte sich zusammen mit Mary auf den Mauervorsprung gesetzt.
Gemeinsam schauten sie auf Adeles Grabstein, jeder in Gedanken, die Hände fest ineinander verschlungen.

Fast unbemerkt von Mary löste Adam seine Hand, um in seine Jackentasche zu greifen.
Er zog ein Bild heraus, das Bild, welches ihn zusammen mit Adele vor ihrem Haus zeigte… und die Zeichnung, die sie für ihn gemacht hatte.

Auch jetzt fiel Mary wieder auf, wie Recht Adam hatte. Sie sah ihrer leiblichen Mutter tatsächlich sehr ähnlich. Das Foto ihrer Mutter hätte auch ihres sein können.
Ein leichter Wind kam auf und ließ den Efeu an Adeles Grabstein ein wenig tanzen.
Ein paar Nadeln und Blätter wurden herumgewirbelt, aber so schnell der Wind gekommen war, so schnell ging er auch wieder.
Nur ein Windhauch und Adam spürte, dass Adele bei ihnen war, als er die Augen schloss…

Sie war hier.
Langsam kam sie auf ihn zu.
Ihr Lächeln, ihre wunderschönen Augen, ihr dichtes, dunkles Haar, das sich leicht im Wind bewegte.
Sie trug ihr Lieblingskleid, in dem Adam sie so gerne sah... das Armband, welches er ihr geschenkt hatte und die Haarspange, die sie so mochte...
Je näher sie kam, desto heller wurde das Licht, dass sie umgab, desto intensiver spürte er sie... ihre Wärme, ihre Liebe und die seine, die nie endende Sehnsucht, die er nie vergessen konnte.
Sie reichte ihm die Hände...er fühlte ihre wunderbare Haut, die noch genauso weich war, wie er sie in Erinnerung hatte...sie lächelte sanftmütig, gab ihm einen zärtlichen Kuss voller Liebe und Sinnlichkeit und erfüllte ihn mit angenehmer Ruhe...

Marys schmerzerfüllter Schrei durchschnitt ganz kurz das Rauschen des aufkommenden Windes.
Doch dann war plötzlich alles still…

Tor zur Vergangenheit

Epilog

Adam wurde neben Adele bei den alten Eichen auf dem Familienanwesen beigesetzt.

Noch lange nach der ergreifenden Zeremonie blieb Mary am Grab ihrer leiblichen Eltern stehen. Trotz ihrer tiefen Trauer um ihre Eltern, die sie noch vor wenigen Wochen gar nicht gekannt hatte, verspürte Mary eine unendliche Dankbarkeit für die wenige Zeit, die sie mit Adam verbringen durfte.
Sie war dankbar, bei ihm gewesen zu sein, als er starb, so wie sie es auch damals bei ihrer Mutter gewesen war.
Ihre Wut darüber, sich ihren eigenen Ängsten nie gestellt zu haben und dass dadurch viele Jahre umsonst verstrichen waren, in denen sie und Adam möglicherweise eine wunderbare Zeit miteinander hätten verbringen können, war verflogen.
Sie akzeptierte das ihnen auferlegte Schicksal, nahm es an und war bereit, von der kurzen Zeit zu zehren, die ihnen vergönnt gewesen war.
Mary spürte, dass Adam in den letzten Tagen seines Lebens glücklich gewesen war, so wie

damals, als er seine Frau gefunden hatte und dieses Gefühl gab ihr Kraft.

Jule und Samuel waren einige Tage später zu Adams Haus gefahren.
„Es ist ein seltsames Gefühl, ohne ihn hier zu sein", bemerkte Jule betroffen.
Samuel umarmte sie tröstend.
Sein Tod hatte sie sehr mitgenommen. Sie vermisste ihn sehr, seine liebevolle Art, die gemeinsamen Stunden mit ihm im Garten und vor dem Kamin.
Es war eine aufregende und sehr intensive Zeit mit ihm gewesen, die sie zum Nachdenken angeregt hatte und ihr die Möglichkeit bot, das Leben mit all seinen Facetten zu akzeptieren, anzunehmen und daraus zu lernen.

Hand in Hand ging sie mit Samuel in Richtung Garten.
Vor dem alten Tor, welches Jule vor noch gar nicht allzu langer Zeit verbotenerweise geöffnet hatte, blieben sie stehen.
Noch immer schlängelten sich die Blumenranken um das Gartentor, so wie der Efeu um Adeles alten Grabstein.

„Dies war einmal das Tor zu Adams Vergangenheit", meinte Jule leise.
„Und jetzt könnte es für uns das Tor in die Zukunft werden", erwiderte Samuel und küsste sie hingebungsvoll.

Herzlichen Dank,

für die Hilfe und Unterstützung durch meine liebe Heidi und meine „ Kleine" Betti, die mir auch diesmal sehr geholfen haben, diese Geschichte zu einem interessanten Roman werden zu lassen.
DANKE, IHR BEIDEN!
Ein besonderer Dank gilt natürlich auch meiner Familie, der ich in meinen Schreibphasen nicht immer die volle Aufmerksamkeit bieten kann, die sie verdienen.
Und last but not least bin ich meinem lieben Kollegen H. Banz zu größtem Dank verpflichtet, der sich nach wie vor mit enormer Hingabe der Gestaltung meiner Romane widmet und alle meine sich ständig ändernden Wünsche gelassen annimmt und umsetzt.
DANKE SCHÖN!

Danke auch an Sie, liebe Leser, dass Sie sich auf die Geschichte eingelassen haben und hoffentlich eine schöne Zeit damit hatten.

Tor zur Vergangenheit

Weitere Romane der Autorin, ebenfalls erschienen bei BoD:

„Traumleuchten" 2014
ISBN: 978-3-735-74029-8

„Seelentrost" 2014
ISBN: 978-3-738-60735-2

„Un(d)endlich ich" 2015
ISBN: 978-3-734-78486-6

Lektorat: A. Deschner, Brünn
B. Ludwig, Waldau
Covergestaltung & Beratung: H. Banz, Walldorf
Quelle: John Strelecky „Das Cafe´am Rande der Welt", ISBN: 978-3-423-20969-4

Herstellung und Verlag:
BoD - Books on Demand, Norderstedt
ISBN 978-3-7386-3390-0